# 把生命浪費在美好的事物上

吳曉波／著

# 目次

CONTENTS

目次

CONTENTS

作者序

# 封存青春，永不歸去

E.B.懷特和約瑟夫．布羅茨基是我特別喜愛的兩位美國隨筆作家。前者生活在富足而多彩的二十世紀六七十年代，常年爲《紐約客》撰稿，幾乎創造了風靡一時的「懷特體」；後者生於鐵幕下的列寧格勒（今聖彼德堡），曾被當作「社會寄生蟲」流放西伯利亞，後來遭驅逐而在美國大學安度晚年。懷特和布羅茨基分別說過一段讓傾慕他們的寫作者非常沮喪的話。

在自己的隨筆集《從街角數起的第二棵樹》裡，懷特哀歎說：「我想對寫作者而言，從來沒有哪個時代比當今的更爲殘酷——他們所寫的幾乎還沒離開打字機，時代就讓其變得過時。」

而布羅茨基則是在著名的《小於一》中寫道：「我對我的生活的記憶，少之又少，能記得的，又都微不足道。那些我現在回憶起來使我感興趣的思想，其重要性大多數應歸功於產生它們的時刻。如果不是這樣，則它們無疑都已被別人更好地表達過了。」

這兩位天才級的文體作家，其實道出了所有寫作者內心的兩個必有的恐懼：散漫的文字比時代速朽得更快，而作家的經歷及思想很可能在不自覺地拾人牙慧。

這也是我這麼多年來一直拒絕出版散文集的原因。作爲一位財經作家，我的文字的速朽度應該遠遠地大於優雅的懷特和飽受厄運的布羅茨基。我寫專欄的歷史始於遙遠的一九九四年，篇什數目應超五百，但我並不覺得這些散佈於各家報紙雜誌的專欄文章，值得用書籍的形式留存下來。它們是那麼的瑣碎，那麼的應景，那麼的猶豫，就好比一位職業棋手平日打譜的棋局，眞眞不足爲外人觀。而今天，當這本書最終呈現出來的時候，只能表明我已經承認衰老，我開始顧鏡自憐，開始回望來路，開始用過來人的口吻試圖對青年人說一些註定會被漠視的鬼話。

所以，這一本集子的出版，對我而言是一件特別私人的事情。

在選編本書的那幾個春夜，我好像一位舊地重遊的旅人，小心翼翼地回到那些熟悉的街巷，儘量壓低帽檐，避免遇到熟人，躡手躡腳，隨時準備逃離。本書中的若干篇章，最舊的創作於15年前，那時的我，在文字江湖裡籍籍無名，因而可以信口雌黃，橫行霸道。

漸至今日，我的某些文字已如軀幹上的肌肉，服貼、鬆軟而暗生褶皺。

當我把這些漂浮在歲月之河的文字打撈上來的時候，更像是在進行一次告別的儀式：我將封存青春，永不歸去。

我們這一代，多少屬於天生地養的一代。我們從貧瘠的物質和精神年代走出，在骨骼和思想長成的那些日子裡，父輩奔波於生計，國家則忙於經濟的復甦和意識形態的角鬥，他們都顧不上好好看管我們。我們在學校裡胡亂地讀書，吃進無數的垃圾，卻又在思想的荒原上肆意地尋覓瘋長的野草。步入社會之後，既有的秩序瀕於崩潰，「效率」替代所有的法則至高無上，而我們所儲備的知識根本不足以應對很多突發的事件，甚至在更多的時候，我們所匆忙建立起來的價值觀在量化、冷酷的現實面前完全不堪一擊。

在這一本集子中，你可以非常清晰地讀出我所描述的景象，很多篇章中表現出來的自責與詞不達意，是被擊潰前的哀鳴，而另外一些篇章裡的激越和溫情，則是逃進書齋後的喘息與抵抗。

從二〇一四年五月開始，我開設「吳曉波頻道」，恢復了每周兩篇專欄的寫作節奏，這使得在過去的一段時間，我的一些文章在社交朋友圈裡流傳得很廣，本書中有將近一半左右的內容寫於過去的這一年間。這一次的結集，繼往於青蔥，止步於當下，也算是一次長途旅程的即景記錄。

如果說這些文字還值得閱讀，僅僅在於布羅茨基所提供過的那個理由——「其重要性大多數應歸功於產生它們的時刻」。畢竟，這是一個我們參與創造的時代，它一點也不完美，甚而不值得留戀，但是，它眞的到來過，而且轟隆隆地裹挾一切，不容任何一個年輕人脫身旁觀。

「我們都是精神上的移民。」這是我的職業偶像沃爾特 李普曼講過的一句話。也許這是每一個國家的觀察者所難以逃避的宿命。他一生爲美國人瞭望世事，鐵口判斷，但在內心，卻始終難以揮散自少年求學時就已生出的疏隔感。

是爲序。

吳曉波

二〇一五年五月四日於

上海浦東國際機場

# 自由與理想

在我們這個國家，最昂貴的物品是自由與理想。它們都是具體的，都是不可以被出賣的，而自由與理想，也不可以被互相出賣。

我進大學聽的第一次大型講座，是在復旦四號樓的階梯教室，因爲到得遲了，教室裡滿滿都是人，我只能掛在鐵架窗臺上，把脖子拼命往裡伸。那時是二十世紀八〇年代中期，存在主義剛剛如同幽靈般地襲入激變中的中國。

一位哲學系的青年講師站在臺上，他大聲說，上帝死了。

如今想來，我成爲一個具有獨立意識的人，大抵是在那個復旦秋夜。我是一個屬於自己的讀書人。

「無事袖手談性情，有難一死報君王。」這句詩也是在大學圖書館裡讀到的，不記得是哪本書了，但是過目即不忘，耿耿於懷。當時就想，中國書生的千年局促與荒誕就在這十四個字裡了，我們這一輩應該學習做一個「沒有君王的書生」。

在大學這樣的「真空狀態」下，當一個思想自由的讀書人似乎是容易的，你對社會無所求，社會於你亦無所擾。可是出了校門，後來的二十多年，卻是一天接一天的不容易。

大學畢業是在一九九〇年。國家好像一夜之間被推進了商品化的潮流中，大概是在一九九二年前後，一位熄燈之後闊談康德和北島的上鋪同學，突然給我打電話，說他在新疆能弄到上好的葡萄乾，如果能在南方找到銷路，可以發一筆上萬元的大財。又過了幾周，一位廈門的同學來信，說杭州海鮮市場的基圍蝦都是從廈門空運的，問我能不能聯繫一個下家。去電視機廠採訪，廠長從上衣口袋裡掏出一張蓋了圓章的條子，說憑這個買彩電可以便宜三百元——相當於我兩個月的工資。

還有一次，陪一位飲料公司老闆見市裡的副市長。副市長一表人才，氣傲勢盛。兩方坐定，老闆突然從包裡摸出一部半塊磚頭大小的摩托羅拉（Motorola）移動手機，小心翼翼地豎在茶几前。副市長第一次親眼看見此物——在當年它的價格相當於高級公務員十年的工資，我分明感覺到他的氣勢硬生生地被壓下了半個頭。

那個年輕的我，握著一管鋼筆的書生，夾在政商之間，猛然又想起性情與君王。

到了年底，單位把大家召集起來，談第二年的工作目標。輪到我發言，我說，明年的目標是掙到五千元稿費，做「半個萬元戶」。四座的叔嬸輩們齊齊把無比詫異的目光射向坐在牆角的我。

後來的幾年裡，瘋狂地寫稿子，爲單位寫，爲單位外的報紙、電臺寫，爲企業寫新聞通稿、彙報材料、講話稿甚至情況說明，爲廣告公司寫報紙文案、電視廣告腳本，再然後，寫專欄、寫書，一本接一本地寫書。

那些年，我開始信奉這樣一句格言——「作爲知識份子，你必須有一份不以此爲生的職業。」羅斯福的這句話裡有一種決然的掙脫，它告誡我，讀書人應擺脫對任何外部組織的人身和物質依附，同時，其職業選擇應該來自興趣和責任，而與生存無關。這是一種來自西方的價值觀，最遠可追溯到亞里斯多德，他將具有道德行爲能力的人局限於「有產男性公民」，即「無恆產則不自由，不自由則無道德」。在一個一切均可以用財富量化評估的商業社會裡，思想自由不再是一個哲學名詞，而是一種昂貴的生存姿態，它應基於財富的自由。

二十世紀九〇年代末，房地產業悄然趨暖，在財經世界浸淫多年的我，對照歐美和亞洲列國的經驗，意識到這將是一個長期行情，而我一生中也許只能經歷一次。於是，我將幾乎所有的稿費積蓄都投擲於購房。這是一個特別單純的行動，無須尋租、無須出賣。你只要有勇氣並懂一些貨幣槓桿的知識，購入即持有，持有即出租，一有機會便抵押套現，再複循環，財富便如溪入壑，水漲船高。

二〇〇三年，我決定離開服務了十三年的單位。那時是中國財經媒體的黃金時代，我設想創辦國內第一份商業周刊。在此前的二〇〇一年，我已經寫出《大敗局》，在商界有了一些信譽，有人願意掏錢投資，有4A公司願意入股並包銷所有廣告。我把這些資源打包成一份創業計畫書，與至少三家省級報業集團洽談刊號，不出預料的是，他們都表示了極大的興趣，但無一例外的是，他們都以國家政策爲由，提出控股的要求，有一家集團表示可以讓民間持有49%的股份，「剩下的1%實在不能讓出來」。

但在我看來，那剩下的1%就是自由的疆界。

最後，我放棄了商業周刊的計畫。因爲，書生不能有「君王」，即便爲了理想，也不行。

不能辦雜誌，不能辦電視臺，不能辦報紙，但我除了辦媒體又不會幹別的，於是，最後只剩下一條出路：辦出版。

出版的書號也是牌照資源，但它有一個「半公開」的交易市場。有交易，就有自由，而只有自由前提下的理想才值得去實現。

於是，有了「藍獅子」。從第一天起，它的股東就全數爲私人。十餘年來，我一直被藍獅子折磨。就商業的意義上，出版是一個毛利率超低、帳期極長、退貨率讓人難以忍受的「爛行業」，在當今的三百六十行，只有它還在「先鋪貨，後收款」。在很長一段時間裡，藍獅子名聲在外，但規模和效益卻不盡如人意。不過，我卻從來沒有後悔和沮喪過，因爲它是我的理想，而且是一個可以被掌控的理想，更要緊的是，與我的衆多才華橫溢的朋友們相比，我沒有爲了理想，出賣我的「資本自由」。

浮生如夢，這一路走來三步一歎，彆彆扭扭。

在我們這個國家，最昂貴的物品是自由與理想。它們都是具體的，都是不可以被出賣的，而自由與理想，也不可以被互相出賣。

自由是世俗的，它不在空中，不在別處，它就在地上。作爲一個讀書人，你能否自由地支配時間，你能否自由地選擇和放棄職業，你能否自由地在四月去京都看櫻花，你能否自由地與富可敵國的人平等對視，你能否自由地抵制任何利益集團的誘惑，這一切並不僅僅是心態或勇敢的問題，而是一種現實能力。

與自由相比，理想則是一個人的自我期許和自我價值呈現的方式。千百年來，無數中國讀書人爲了理想以身相許，他們把自由出賣給帝王、黨派或豪門，試圖以此換取自我價值的實現。在我看來，這是不值得的。理想是一個「人生的泡沫」，可大可小，可逐步實現，也可以不實現，但是，自由不可須臾缺失。卡繆在《薛西弗斯神話》中論及「人的荒誕性」，曾說，「一個人始終是自己眞理的獵物，這些眞理一旦被確認，他就難以擺脫」。

那麼，一個人能否擁有與之制衡的能力？

卡繆提供了三個結果：我的反抗、我的自由和我的激情。

# 把生命浪費在美好的事物上

在這個世界上，不是每個國家、每個時代、每個家庭的年輕人都有權利去追求自己所喜歡的未來。所以，如果你僥倖可以，請千萬不要錯過。

每個父親，在女兒十八歲的時候，都有為她寫一本書的衝動。現在，輪到我做這件事了。

你應該還記得，從很小的時候，我就開始問你一個問題：你長大後喜歡幹什麼？

第一次問，是在去日本遊玩的歌詩達郵輪上，你上小學一年級。你的回答是：遊戲機房的收銀員。那些天，你在郵輪的遊戲機房裡玩瘋了，隔三岔五，就跑來向我要零錢，然後奔去收銀小姐那裡換遊戲幣。在你看來，如果自己當上了收銀員，那該有多爽呀。

後來，我一次又一次地問這個問題：你長大後喜歡幹什麼？

你一次又一次地更換自己的「理想」。有一次是海豚訓練師，是看了戴軍的節目，覺得那一定特別酷。還有一次是寵物醫生，大概是送圈圈去寵物店洗澡後萌生出來的。我記得的還有文化創意、詞曲作家、花藝師、家庭主婦……

十六歲的秋天，你初中畢業後就去了溫哥華讀書，因爲我和你媽的簽證出了點狀況，你一個人拖著兩個大箱子就奔去了機場。你媽媽在你身後淚流滿面。我對她說，這個孩子從此獨立，她將有權利選擇自己喜歡的大學、工作和城市，當然，還有喜歡的男朋友。

在溫哥華，你過得還不錯，會照顧自己，有了閨蜜圈，第一次獨自旅行，還親手給你媽做了件帶帽子的運動衫，你的成績也不錯，期末得了全年級數學一等獎。我們全家一直在討論你以後讀哪所大學，UBC（University of British Columbia，英屬哥倫比亞大學）、多倫多大學還是QUEEN（Queen's University，女王大學）。

又過了一年，我帶你去臺北旅行，在臺灣大學的校園裡，夕陽西下中漫步長長的椰林大道，我又問你：你以後喜歡幹什麼？

你突然說，我想當歌手。

這回你貌似是認眞的，好像一直、一直在等我問你這個問了好多年的問題。

然後，你滔滔不絕地談起自己對流行音樂的看法，談了對中國當前造星模式的不滿，談了日韓公司的一些創新，談了你自認爲的歌手定位和市場空間。你還掏出手機給我看ＭＶ，我第一次知道Bigbang，知道權志龍。我看了他們的ＭＶ，覺得與我當年喜歡過的Beyond和黃家駒那麼的神似，一樣的亞洲元素，一樣的都市背街，一樣的藍色反叛，一樣的如煙花般的理想主義。

在你的眼睛裡，我看見了光。

作爲一個常年與資料打交道、靠理性分析吃飯的父親，我提醒你說，如果按現在的成績，你兩年後考進排名全球前一百名的大學，大概有超過七成的把握，但是，流行歌手是一個與天賦和運氣關係太大的不確定行業，你日後成爲一名二流歌手的機率大概也只有１０％，你得想清楚了。

你的目光好像沒有游離，你說，我不想成名，我就是喜歡。

我轉身對一直在旁邊默默無語的你媽媽說，這次是眞的。

其實，我打心眼裡認同你的回答。

在我小時候，沒有人問過我這個問題。從一年級開始，老師佈置寫作文「我的理想」，保衛祖國的解放軍戰士、像愛因斯坦那樣的科學家，或者是遨遊宇宙的宇航員。現在想來，這都是大人希望我們成爲的那種人，其實大人自己也成不了。

這樣的後果是很可怕的。記得有一年，我去四川大學講課，一位女生站起來問我：

「吳老師，我應該如何選擇職業？」她是一位物理系在讀博士生。我問她：「你爲什麼要讀物理，而且還讀到了博士？」她說：「是我爸爸媽媽讓我讀的。」「那麼，你喜歡什麼？」她說：「我不知道。」

還有一次，在江蘇江陰，我遇到一位三十多歲的女商人，她賺了很多錢，卻說自己很不快樂。我問她：「那麼，你自己喜歡什麼呢？」她聽到這個問題，突然怔住了，然後落下了眼淚。她說，我從來沒有想過這個問題。從很小的時候，她就跟隨親戚做生意，從販運、開工廠到炒房產，什麼能賺錢就幹什麼，但她一直沒有想過，自己到底喜歡什麼。

今日中國的九〇後們，是這個國家近百年來，第一批和平年代的中產階級家庭子弟，你們第一次有權利、也有能力選擇自己喜歡的生活方式和工作——它們甚至可以只與興趣和美好有關，而無關乎物質與報酬，更甚至，它們還與前途、成就、名利沒有太大的干係，只要它是正當的，只要你喜歡。

喜歡，是一切付出的前提。只有眞心地喜歡了，你才會去投入，才不會抱怨這些投入，無論是時間、精力還是感情。

在這個世界上，不是每個國家、每個時代、每個家庭的年輕人都有權利去追求自己所喜歡的未來。所以，如果你僥倖可以，請千萬不要錯過。

接下來的事情，在別人看來就特別的「烏龍」了。你退掉了早已訂好的去溫哥華的機票，在網上辦理了退學手續。我爲你在上海找到了一間日本人辦的音樂學校，它只有十一個學生，還是第一次招生。

過去的一年多裡，你一直在那間學校學聲樂、舞蹈、譜曲和樂器，據說挺辛苦的，一早上進琴房，下午才出得來，晚上回到宿舍身子就跟散了架一樣，你終於知道把「愛好」轉變成「職業」，其實並不是一件容易的事情。其實，我到現在還不知道你到底學得怎麼樣，是否有當明星的潛質，但是有一點是肯定的，你確乎是快樂的，你選了自己喜歡走的路。

「生命就應該浪費在美好的事物上。」

這是臺灣黑松汽水的一句廣告詞，大概是十二年前，我在一本廣告雜誌上偶爾讀到。在遇見這句話之前，我一直被職業和工作所驅趕，我不知道生活的快樂半徑到底有多大，什麼是有意義的，什麼則是無效的，我想，這種焦慮一定纏繞過所有試圖追問生命價值的年輕人。是這句廣告詞突然間讓我明白了什麼，原來生命從頭到尾都是一場浪費，你需要判斷的僅僅在於，這次浪費是否是「美好」的。後來，我每做一件事情的時候，我都會問自己，你認爲它是美好的嗎？如果是，那就去做吧。從這裡出發，我們去抵抗命運，享受生活。

現在，我把這句話送給十八歲的女兒。

此刻是二〇一四年十二月十二日。我在機場的貴賓室完成這篇文字，你和媽媽在旁邊，一個在看朋友圈，一個在聽音樂，不遠處，工人們正在佈置一棵兩人高的聖誕樹，他們把五顏六色的禮盒胡亂地掛上去。我們送你去北京，到新加坡音樂人許環良的工作室參加一個月的強訓，來年的一月中旬，你將去香港，接受一家美國音樂學院的面試。

說實在的，我的十八歲的女兒，我不知道你的未來會怎樣，就好比聖誕樹上的那只禮盒，裡面到底是空的，還是眞的裝了一粒巧克力。

# 所有的青春都是在爲中年作準備

「一個不成熟的男人是爲了某種崇高的事業英勇地獻身，一個成熟的男人是爲了某種高尚的事業而卑賤地活著。」

——沙林傑

立冬既過，窗外綠深紅淺。順手抓著一本陳從周的《說園》，錄下一段文字：「萬頃之園難以緊湊，數畝之園難以寬綽。緊湊不覺其大，遊無倦意，寬綽不覺局促，覽之有物，故以靜動觀園，有縮地擴基之妙。而大膽落墨，小心收拾，更爲要諦，使寬處可容走馬，密處難以藏針。」

這段文字，抄下來就很舒服。西湖邊有一郭莊，據說是陳從周的最後一個作品，也是他最喜歡的園林。瓊瑤的《煙雨濛濛》取景此處。前些年，我常帶人去那裡喝茶。郭莊很小，卻曲折從容，妙處無窮，深得「借」字眞味。現在想來，眞好比做一篇文章，傍著一個著名的西湖，卻自營造出一份獨屬的景致。

好文章，好人生，亦當如是。

這些年寫作企業史，常感人物故事紛湧而來，難以取捨，而時空一龐大，竟有駕馭不住的恐懼。讀了從公的道理，很是受益。

上月，還獨自一人去中國美院邊潘天壽的故居遊覽，在他的立天大畫前徘徊良久，看他謀篇行筆的大局和細處，當時已若有所悟，今日讀《說園》，再次回味其中巧妙，如清茗入口，實在受用。

近年來，還突然喜歡看建築師、設計師的文字，因爲我覺得他們的實用感是我們這些做文章的人需要學習的，房子是建來讓人住的，服裝是裁剪出讓人穿的，所以，合體舒服是第一要義。做文章是讓人讀的，也應該這樣。山本耀司是我非常喜歡的日本服裝設計師，他很喜歡從老照片中吸取靈感，他說自己有很多世紀初人像攝影的圖書，喜歡那裡面人與衣服之間的關係，人們穿的不是時尚，而是現實（reality）。或者換句話說，山本耀司希望他設計的服飾能夠給穿它們的人這種感覺。我想，這是一種人們能夠通過自己的穿著認識自己的感覺，當你照鏡子的時候，你看到的是自己，而非衣服或時尚。

這樣的體悟又豈僅與服裝有關。大抵造園、作畫、裁衣、行文、做企業、爲人，天下一理，若胸中格局足夠，無論大小都不足懼，關鍵是大處能容天地，小處能覓細針，須控制事物發展的節奏。所謂經驗兩字，經是經過的事，驗是得到印證的事，都與實際有關。

這些道理，都是在中年以後才慢慢體悟出來的。

香港作家董橋說，中年是一杯下午茶。我讀到這句話的時候不過三十歲，正在憂傷地聽侯德健的《三十以後才明白》，從來沒有想過它離自己到底有多遠。

幾天前整理書櫥，順手拉過一本董橋的老書，一翻開就碰到這段眼熟的文字，竟突然有了白駒過隙的悚然。

林肯說，人到四十歲，就該替自己的長相負責了。這樣算來，我替自己負責的日子已經有些年份了……

還想到一個故事。

美國嚎叫派的詩人艾倫・金斯堡早年狂放不羈，是嬉皮士的精神領袖，過了四十歲後，居然喜歡西裝革履。有人不解地問他，這位老兄說：「我以前不知道西裝是這麼好看，這麼舒服嘛！」

人過了四十，才突然開始享受寂寞。梁實秋說，「我們在現實的泥溷中打轉，寂寞是供人喘息幾口的新空氣，喘幾口之後，還得耐心地低頭鑽進泥溷裡去。最高境界的寂寞，是隨緣偶得，無須強求。只要有一刻的寂寞，我便要好好享受。」寫出《麥田捕手》的沙林傑，是我喜歡的一個作家，他曾經說：「一個不成熟的男人是爲了某種崇高的事業英勇地獻身，一個成熟的男人是爲了某種高尚的事業而卑賤地活著。」

所有的青春都是在爲中年作準備，我今天講這樣的話，年輕的你未必會同意，但我經歷過的事實正是，在這個中年的午後，你能夠安心坐在有春光的草坪上喝一杯上好的龍井茶，你有足夠的心境和學識讀一本稍稍枯燥的書，有朋友願意花他的生命陪你聊天，你可以把時間浪費在看戲登山旅遊等諸多無聊的美好事物上，這一切的一切都是有「成本」的，而它們的投資期無一不是在你的青春階段。

——喝下午茶，對自己的長相負責，西裝革履，卑微而平靜地活著。

# 我的偶像李普曼

任何一個行業中，必定會有這麼一到兩個讓你想想就很興奮的大師級人物，他們遠遠地走在前面，背影縹緲而偉岸，讓懵懵懂懂的後來者不乏追隨的勇氣和夢想。

二○○四年六月，我去哈佛大學當了三個多月的訪問學者，甘迺迪學院爲我安排的住處就在查理斯河邊上。每當日落，我都會一個人去河畔的草地上散步。河水很清緩，岸邊的亂石都沒有經過修飾，河上的石橋一點也不起眼，三百多年來，這裡的風景應該都沒有太大的變化。我每次走到那裡，總會浮生出很多奇妙的感覺。我在想，這個河邊，這些橋上，曾經走過三十四位諾貝爾獎得主、七個美國總統，他們注視這些風景的時候大概都不過三十歲，那一刻，他們心裡到底在憧憬些什麼呢？

我還常常想起那個影響我走上職業記者道路的美國人。一九〇八年，正在哈佛讀二年級的沃爾特·李普曼就住在查理斯河畔的某一座學生公寓裡。一個春天的早晨，他忽然聽到有人敲房門。他打開門，發現一位銀鬚白髮的老者正微笑地站在門外，老人自我介紹：「我是哲學教授威廉·詹姆斯，我想我還是順路來看看，告訴你我是多麼欣賞你昨天寫的那篇文章。」我是在十八歲時的某個秋夜，在復旦大學的圖書館裡讀羅奈爾得·斯蒂爾那本厚厚的《李普曼傳》時遇到這個細節的，那天夜晚，它像一顆夢想的種子不經意掉進了我尚未翻耕過的心土中。

在此後的很多年裡，我一直沉浸在李普曼式的幻覺中：我幻想能夠像李普曼那樣知識淵博，所以我在大學圖書館裡「住」了四年，我的讀書方法是最傻的那種，就是按書櫃排列一排一排地把書讀下去；我幻想成爲一名李普曼式的記者，在一個動盪轉型的大時代，用自己的思考傳遞出最理性的聲音，我進入了中國最大的通訊社，在六年時間裡我幾乎跑遍中國的所有省份；我幻想自己能像李普曼那樣勤奮，他寫了三十六年的專欄，一生寫下四千篇文章，單是這兩個數字就讓人肅然起敬，我也在報紙上開出了自己的專欄，並逼著自己每年寫作一本書；我還幻想能像李普曼那樣名滿天下，他讀大學的時候就被同學戲稱是「未來的美國總統」，二十六歲那年，正在創辦《新共和》雜誌的他碰到羅斯福總統，總統笑著說：「我早就知道你了，你是全美三十歲以下最著名的男士。」

你很難拒絕李普曼式的人生。任何一個行業中，必定會有這麼一到兩個讓你想想就很興奮的大師級人物，他們遠遠地走在前面，背影縹緲而偉岸，讓懵懵懂懂的後來者不乏追隨的勇氣和夢想。

當然，我沒有成爲李普曼，而且看上去將終生不會。

我遇到了一個沒有精神生活的物質時代。財富的暴發似乎成爲人們的生存追逐，沒有人有興趣聆聽那些虛無空洞的公共議題，如果李普曼的《新共和》誕生在今日中國，銷售量大概不會超過二千冊，社會價值的物質性趨同讓一些知識份子成爲備受冷落的一個族群。

這裡沒有李普曼的新聞傳統和傳播土壤，思想在一條預先設定好的堅壁的峽谷中尷尬穿行。

我沒有辦法擺脫自我的膽怯和生活的壓迫。我躲在一個風景優美的江南城市裡，早早地娶妻生子，我把職業當成謀生和富足的手段。我讓自己成爲一個「財經作家」，在看上去輿論風險並不太大的商業圈裡揮霍自己的理想。李普曼寫給大學同學、也是一位偉大記者約翰·里德──他寫出過《改變世界的十天》──的一句話常常被我用來做自我安慰：「我們都成了精神上的移民。」

這些年來，我偶爾回頭翻看李普曼的文字就會坐立不安。這個天才橫溢的傢伙著述等身，但被翻譯到中國的卻只有一本薄薄的《公眾輿論》，這是他三十二歲時的作品。在這本冊子中，他論證了「公眾輿論」的脆弱、搖擺和不可信任。他指出，現代社會的複雜和規模使得一般人難以對它有清楚的把握。現代人一般從事某種單一的工作，整天忙於生計，既沒有時間也沒有心思去深度關切他們的生活世界。他們很少認真涉入公眾事務討論。他們遇事往往憑印象、憑成見、憑常識來形成意見。正因如此，社會需要傳媒和一些菁英分子來梳理時政，來抵抗政治力量對公眾盲視。這些聲音聽起來由陌生而熟悉，漸漸地越來越刺耳，現在我把它抄錄在這裡，簡直聽得到思想厲鬼般的尖叫聲。

儘管遙不可及，但這個人讓我終生無法擺脫。我常常會很好奇地思考這個國家的走向與一代人的使命——這或許是李普曼留給我們這些人的最後一點「遺產」，我們總是不由自主地沉浸在大歷史的苦思中而不能自拔——當物質的繁榮到達一定階段，當貧富的落差足以讓社會轉入另外一種衍變形態的時候，我們是否已經儲備了足夠的人才和理論去應對一切的挑戰？我們對思想的鄙視、對文化的漠然、對反省精神的抗拒，將在什麼時候受到懲罰和報應？對於生活在這個時代的個人來講，這都是一些沒有辦法回答的問題。

這些年來，我把自己的時間大半都投入中國企業史的梳理和寫作中，我想在這個極其龐雜卻並不遼闊的課題裡尋找出一些答案。我想靜下心來做一點事，為後來者的反思和清算預留一些略成體系的素材，我還企圖證明，這個社會的很多密碼和潛流可能會淹沒在中國經濟和公司成長的長河中。

我倒是做過一件與李普曼最接近的事情。

二〇〇五年，我創辦藍獅子財經出版中心，在一次版權交易中偶然得悉，我當年在大學時讀過的那本《李普曼傳》（新華出版社一九八二年出版），並沒有得到作者羅奈爾得·斯蒂爾的授權，是一本「盜版書」。於是，我設法找到了翻譯者，竟又得知斯蒂爾還活著，隱居在美國西部的一個小鎮上。我通過e-mail聯繫上他，斯蒂爾對當年的「盜版」非常惱怒，得知我想再度得到授權，先是表示不信任，後又委派華人朋友到上海面談確認。歷經三年時間，到二〇〇八年十一月，我終於購得中文版權，並出版了最新版的《李普曼傳》。此事幾經周折，結局卻得償心願——我終於用自己的方式，對李普曼致敬。

在我的生命中，李普曼式的夢想早已煙消雲散，留下的只有一些聽上去很遙遠，卻讓人在某些時刻會產生堅定心志的聲音。一九五九年九月二十二日，李普曼在他的七十歲生日宴會上說——「我們以由表及裡、由近及遠的探求爲己任，我們去推敲、去歸納、去想像和推測內部正在發生什麼事情，它昨天意味著什麼，明天又可能意味著什麼。在這裡，我們所做的只是每個主權公民應該做的事情，只不過是其他人沒有時間和興趣來做罷了。這就是我們的職業，一個不簡單的職業。我們有權爲之感到自豪，我們有權爲之感到高興，因爲這是我們的工作。」

「因爲這是我們的工作。」

二十多年前，一個叫吳曉波的中國青年讀到李普曼和他說過的這段文字。二十多年來，時光讓無數夢想破碎，讓很多河流改道，讓數不清的青春流離失所，卻只有它還在星空下微弱地閃光。

# 書籍讓我的居室和生活擁擠不堪

我們願意接受所有的文明形態，這是一個轉型年代的特徵，我們在思想上左衝右突，其慌亂和驚心宛若物質生活中的所有景象。

我第一次有記憶的閱讀經驗應該是十歲那年。剛剛認得了上千個漢字的我，讀的第一本「成年讀物」是繁體字的《三國演義》，它是「文革」前的遺物，黃舊不堪，躺在一個大木箱子的雜物之中，好像已經等了我很多年。就是這本書讓我終生喜歡大鼓齊鳴的剛烈文字，而對婉約溫潤的風格不以爲然。

和許多人一樣，在讀大學前，我的整個閱讀是非常枯燥的，以教科書爲主。而我是一九八六年進入大學，那個時候正是中國出版很活躍的一段時期。詩歌是年輕人的最愛，我記得謝冕編過一套《朦朧詩選》，當時非常喜歡。那時候大學裡最流行讀的書就是存在主義，於是讀了最多存在主義的作品，如尼采、沙特，我們這一代人受他們的影響太大了。周國平寫的《尼采：在世紀的轉捩點上》讓我印象深刻，他後來會「轉型」成一位心靈雞湯型的導師，讓我非常吃驚。

我在上海讀書，而女朋友在杭州，大學四年沒有條件見面談戀愛，所以大部分時間都是在復旦大學的圖書館裡度過的。我是學新聞的，課程比其他系的同學都要輕鬆，所以就在圖書館讀書，一排一排地讀，從一樓一直讀到了閣樓，復旦圖書館的閣樓是向研究生和博士生開放的，本科三年級的時候我就到閣樓上去讀書了。那時候的閱讀是一種集體閱讀，集中在哲學、歷史和文學方面。

我大學學的是新聞，專業的書我印象沒有多少，但我看張季鸞的所有作品，就是他當年辦《大公報》時寫的評論，印象很深。因爲從這些作品裡你看到的是這個職業的氣節，以及敏銳性。新聞是很容易做得平庸的一種職業，特別是做得時間越長，抱怨和不平衡就會越大，老是寫字會感覺得不償失，但一旦停止寫字也就失去了你的價值。做媒體的很容易陷入這樣的情緒裡。但是我當了十多年記者，一直沒有這樣的感覺，就是因爲在大學裡我讀過這樣的作品，我知道一個好記者應該怎樣讓自己留下來。當年的許多政治人物都煙消雲散了，但我們依然能記住這些記者的名字與作品。這些作品說明我們建立一種職業和人生的價值觀。

對我影響大的經濟學讀物有兩本，我接觸的第一本經濟學著作就是薩繆爾森的《經濟學》，而我也是憑藉這本書進入新華社工作的。因爲當時要考取新華分社，新華社招人一般都會從實習生裡選拔，而我沒有在那裡實習過，所以他們考我就是用薩繆爾森的《經濟學》，從此，我開始了十三年的商業記者生涯。另外一本是曼昆的《經濟學原理》，曼昆的思想和他的創作技巧讓我很著迷。在過去二十年裡，我讀了很多財經類圖書，如威爾許的管理書籍、《長尾理論》，等等，但是如果比較範圍是三十年，這些書對我的影響還不如一本《三國演義》大。

我後來成了一個專業從事企業案例和經濟史寫作的財經作家，在這個領域中，有兩位頂級高手：美國的理查・泰德羅和英國的尼爾・弗格森，他們都出生於二十世紀六〇年代，年富力強。泰德羅的《影響歷史的商業七巨頭》，讓我見識到當世歐美學者的財經寫作高度。尼爾・弗格森的創作更勤勉，《文明》、《貨幣的崛起》、《巨人》以及五卷本的《羅斯柴爾德家族》都堪稱精品，他在建構一個宏大題材時的自信、從容及充滿了偏見的武斷，在當代非虛構類作家中很是少見，他的寫作非常迷人。

至於華人經濟學家，我最喜歡的是張五常的作品。當初讀到他的《賣桔者言》時，感覺以這樣的手法來寫一本經濟學書實在很有趣，讀他的《經濟解釋》更是震懾於他的智力。後來我寫《激蕩三十年》，便懇請張五常爲我題寫書名，他在西湖邊的一個茶樓裡，鋪紙研墨，一口氣連寫了十多遍，那股認眞勁令人難以忘懷。我向他請教做學問的辦法，他說：「問題有重要與不重要之分，做學問要找重要的入手，選上不重要的問題下功夫，很容易轉眼間斷送學術生涯。」這段話，値得抄在這裡送給所有的年輕朋友們。

我現在每年買二百本書，也就是每年在家裡添一個雙門書櫃，書籍讓我的居室和生活擁擠不堪。望著這些新舊不一的「朋友」，我終於發現，我們並沒有生活在單調的年代，也許沒有一個年代的人、也沒有一個國家的人——尤其是歐美國家的人們——像我們這樣的五穀雜糧、精粗不棄，爲了求得寸及的進步，我們願意接受所有的文明形態，這是一個轉型年代的特徵，我們在思想上左衝右突，其慌亂和驚心宛若物質生活中的所有景象。

中國的成長高度，並不以所謂的「全球第一高樓」爲標誌，而是以我們的思想爲標準。我們的書單決定了我們的過去，同時也指向一個遼闊的未來。

# 讀書與旅行還眞的不是一回事

讀書讀到我這個年齡，有時候會生出「無書可讀」的感歎，這不是矯情，而是因爲每年的新書榜單等等已經與我的需求無關。

常有人把閱讀與旅行並論，其實未必。

艾倫·狄波頓在《旅行的藝術》中說：「我們從旅行中獲得的樂趣，或許更多地取決於我們旅行時的心境，而不是旅行目的地本身。」若此言當眞，那麼，閱讀的樂趣至少有一半取決於一本書所承載的知識本身，因此，旅行可抬腳就走，去哪兒都是風景，而閱讀則必須有所選擇。

每次到大學做活動，幾乎都會被問及一個問題：「您能否爲我們推薦一些書？」

到這個時候，從來不知道怎麼回答，因爲我不瞭解你的知識背景、深度和興趣，即便是財經類圖書，也無從推薦起。最好的辦法是自己先一頭撞進當當或亞馬遜，通過口碑評論的路徑找出幾本讀起來，讀著讀著就知道該如何選擇了。

對於入了門的讀書人來說，選書是一個經驗活，如服裝設計師看模特，瞥一眼便知三圍、氣質，一本書是否適合自己、是否有料有趣，速翻幾頁便一目了然。而書與人也有投緣之說，有些人的文字你死活讀不進去，有些人的書你一讀到就好像至尊寶遇見紫霞仙子那樣：「咦，千里萬里，你眞的在這裡。」

讀書讀到我這個年齡，有時候會生出「無書可讀」的感歎，這不是矯情，而是因爲每年的新書榜單等等已經與我的需求無關，同時，受個人知識體系的局限，費力自覓新食的難度自然便增加了。

遇到這樣的情況，各人的對付辦法便見其性情。

比如，當年的錢鍾書號稱「橫掃清華圖書館」，直到無書可讀，據說他的書房裡後來只留下當工具用的百科全書，別人贈書，統統論斤去賣了，他只需反芻本門學問，便滿口錦繡。我最心儀的經濟學家張五常到七十歲後也歎息經濟學「無書可讀」，他的辦法貌似就是不讀本專業的書了，而對書法和攝影移情別戀。

我自然到不了錢、張二先生的境界，每年仍會抱回一摞一摞的書，而選擇的辦法大抵有三：

其一，藍獅子讀書會有一項服務，就是每月會從全國各出版社的新書中選出二十本，門類從政經到美食林林雜雜，推薦給它的上萬個客戶。每次審定書單，就是我近水樓臺先得月、給自己發福利的時候，常常會挑中幾本來看看。

其二，從讀到的書中抓出一條線索來，比如去年我細讀了胡適的《中國哲學史大綱》，今年便把馮友蘭的《中國哲學簡史》找來讀了一遍，順便又撞見趙一凡的《西方文論講稿》，好好補了一回西方哲學演變史，再接著發現德里達的思想很有趣，就又購進了《德里達傳》，這樣的經歷好比在潘家園古玩市場裡覓寶，隨心所觸，便是歡喜。

第三個辦法就是設定一個研究的方向，一路死磕進去。近年來，我對知識份子及企業家在當代社會中的角色問題非常感興趣，手頭便漸漸搜羅了好些與此有關的書籍，在閱讀中你會發現，這個問題具有很強的前沿性，特別是在中國這個轉型社會，知識的供應和傳播市場正發生很炫目的衍變。讀著別人的書，想著自己的心思，手就開始發癢，保不定哪天我會寫出一本《企業家與中國社會》。

關於閱讀，我還很同意卡爾維諾的說法，即一個人必須建立自己的「經典書目」。在他看來，「我們年輕時所讀的東西，往往價值不大，這是因爲我們沒有耐心、精神不能集中、缺乏閱讀技能，或因爲我們缺乏人生經驗。」所以，一個人的成年生活應有一段時間用於重新發現青少年時代讀過的最重要作品，「當我們在成熟時期重讀經典，我們就會重新發現那些現已構成我們內部機制的一部分恒定事物，儘管我們已回憶不起它們從哪裡來」。

對於大多數的人而言，要實現卡爾維諾的這一認知進化，絕不是從一次閱讀到另外一次閱讀的過程，其中，必須加入日常生活的瑣碎、磨難和喜悅。

作爲一個當代讀書人，要過一種純粹的書齋生活，是絕無可能了，海涅在評價康德的一生時說：「此人是沒有生平可說的。他每日的生活，就是喝咖啡、寫作、講學、散步，一生雷打不動。」我沒有看到過比這更震撼的生命評價，但是，這僅僅是康德式的人生，今天讓我過這樣的生活，還是直接把我跟房祖名關在一起算了。

「那麼，下一次旅行，你會在旅行箱裡壓進哪些人的書？」最後回答一下這個問題。卡繆、桑塔格、約翰·伯格、三島由紀夫、北島或董橋……

他們的書有幾個共同特點：文字美到極致，知識密度極大，都比較薄，適合消乏，利睡眠。

# 在別人的鬍鬚裡迷路

**出發的目的已在半途中遺失了，剩下的激情便也成了迷路的飛矢。**

年輕的時候，香港青年董橋在倫敦鑽研馬克思，他走遍倫敦古舊的街道，聽慣倫敦人委婉的言談，竟以爲認識了當年在倫敦住了很久的馬克思。然後，又過了很久很久，主編《明報月刊》的知識份子董橋才突然發現，原來自己認識的不是馬克思其人，而是馬克思的鬍鬚。

「鬍鬚很濃，人在鬍鬚叢中，看到的一切自然不很清楚。」

董橋抱怨說：「鬍鬚誤人，人已經不在鬍鬚叢中了，眼力卻不能復原，看人看事還是不很清楚。」

其實，不很清楚的，是一段自以爲是、風華意氣的青春。其實，哪怕待到一切都很清楚的時候，你自己的鬍鬚便也已經很長了，你自己，在更年輕的人面前，便也是一堆「已經很不清楚」的鬍鬚了。

十年前，企圖重寫「中國思想史」的葛兆光出版了《七世紀前中國的知識、思想與信仰世界》。他發現，早期人類的知識孕育的標誌，是人們對神秘世界的好奇探究，而文明的呱呱落地，則是從神秘力量的秩序化開始的。

「把這些神秘力量想像爲衆神的存在也是早期世界普遍的現象，可是，當人們把衆神的系譜秩序化的時候，這不盡相同的秩序就呈現了不同地域、不同文化關於世界的不同思路。」

一個人的發育乃至整個人類的發育，在這一點上，是基本相同的。對世界的不同解釋構成了不同的種族和類群，而定式化的世界觀的形成被認爲是成熟的標誌。

「你從哪裡來？你爲什麼來？你到哪裡去？」這些每個人在幼年時期都會自然而然產生的疑問，漸漸變成了一些與日常生存毫無關係的、高深莫測的哲學命題。

時光對每一個人、每一個時代而言，都具有同樣的意義。昨日的叛逆，會漸漸演化成今日的正統，繼而又「供養」成明日的經典。所不同的是，點燃的光芒將漸漸地燒成灰燼，而人們則越來越少地追究光芒之被點燃的起源。因思想的深邃而聞名的R. G. 科林伍德在《歷史的觀念》中這樣寫道：「時間把世界放置在一頭大象的背上，但它希望人們不再追問支撐大象的東西是什麼。」他又說：「我們可能走太遠了，以至於忘記了當初之所以出發的目的。」

出發的目的已在半途中遺失了，剩下的激情便也成了迷路的飛矢。

桂冠詩人華茲華斯在劍橋大學讀書的時候，常常去聖約翰書院聽那裡的鐘聲，在博大精深的學海中，天真的詩人聽到的卻跟別人大不同：「那鐘聲，一聲是男的，一聲是女的。」

另一位很有情趣的劍橋詩人約翰・伯格則有過一段更精妙的描述：書院大道旁的丁香花的香味和牛棚裡牛身上的味道差不多，有一股祥和懶散的氣息。

華茲華斯和伯格，不知道算不算得上是百年劍橋的好學生，可重要的是，他們沒有在別人的鬍鬚裡迷路。

# 我們爲什麼孤獨？

雅典人蘇格拉底說，唯有孤獨的人才強大；法國人盧梭說，惡人才孤獨；德國人尼采說，孤獨，你配嗎？中國流行歌手張楚說，孤獨的人是可恥的。

## 一

每每說到「孤獨」這個詞，總會想起很多年前在雲南看到過的一個情景。那是從昆明到畹町的路上，記不得是哪一段了，總歸這一程要經過大理、思茅（現在的普洱）、楚雄等地區，沿途都是高山峻嶺，大客車要開三天三夜。一個人坐在鐵皮車上，無所事事，窗外的風景看多了，便也厭了。最有趣的，莫過於看天上的雲，從這個角度看像一頭白象，幾個小時後，轉到另一個山頭，又看到這朵雲，便像一尊菩薩了。偶爾會看到對面的山腰上有一戶人家。木板的房子，屋後兩三株火紅的攀枝花樹，屋前幾分菜地稻田。更偶爾的，會在客車經過的某個彎道上，突然冒出來一個蜷坐著的少年，茫茫然的，支著個脖子，不知道在等待什麼，此前此後，數十公里，竟無人煙。

他從哪裡來？他要到哪裡去？他在想些什麼？他將要做些什麼？

以後，往往在一些很突兀的時刻，我會不由自主地想起這個蜷坐著的少年。一絲沒有由來的擔憂，跟一個沒有由來的人兒一樣，如一道淡淡的陰影時隱時現地尾隨在我的旅途和往後的日子中。

## 二

在三十歲之前的某一段時間，我突然喜歡上了熱鬧的迪廳，越是熱鬧，越是喜歡。站在那群染著一頭黃髮的二十歲左右的年輕人中間，儘管也只比他們大了七八歲，我卻感到青春的枝葉正從我的身上嘩嘩地落下。這一刻，我突然感到一種前所未有的孤獨。

這種小小的孤獨，其實是很私人的，其實與別人無關，與生活無關，與哲學的孤獨和歷史的孤獨都無關。它僅僅是一種偶爾會發作的病。

在變幻的燈光、迷離的人影中，在搖滾樂的驚濤駭浪中，人如一葉孤舟，搖搖晃晃地飄向一個離現實如此遙遠的彼岸。你甚至不能給自己一秒鐘的寧靜，否則，你就會被現實拉回到你自己。正是在這樣的一刻，我才刻骨地感受到，人為什麼總是在音樂中顯得那麼脆弱和易感。

在這個現代的都市中，我們的孤獨只因為我們往往互懷戒心，只因為對自己的生存狀態是那麼的恍惚和恐慌。

搖滾並不能拯救什麼，它只是讓你忘卻和逃避，在樂盡人散之後，搖滾所剩下的，便只是一堆茫茫無邊的孤寂。如同那個安徒生童話中的小女孩，她劃完了最後一根火柴，風越來越大了，雪淹沒了整個城市，但上帝還沒有來。

傳染到我的生活中，便是超乎尋常的激越以及短暫激越後的沮喪。「我的文章，偏要如骨刺一般，鯁在某些人喉間，讓他們難受。」在那個時期所寫下的文字，無一不浸染上了這份偏執和淡淡的哀傷。

## 三

雅典人蘇格拉底說，唯有孤獨的人，才強大。

法國人盧梭說，惡人才孤獨。

德國人尼采說，孤獨，你配嗎？

中國流行歌手張楚說，孤獨的人是可恥的。

## 四

到了生活日漸穩定之後，我才漸漸從這樣的騷動中逃離出來。這些年來，我一直被看成是一個「成功男人」，每天西裝革履，出沒於各種金碧輝煌的高檔場所，每天與趾高氣揚的大小企業家、老少政治家們高談闊論，切磋交流，每天把時間切成一小塊、一小塊的麵包分發給大街上的每一個人，每天忙忙碌碌地會面、出書、講座、赴宴……

我知道，我其實並不熱愛這樣的生活，甚而竟還有點厭倦。但我總是情不自禁地深陷其中而無法自拔。我付出所有的青春和熱情，都無非是爲了博取一份世俗的肯定，而一旦得到了這一切之後，卻突然發現，要擺脫它卻比攫取它還更難。於是便偶爾地會非常懷念起過去的那種焦躁不安的「迪廳時光」了。

然而我又隱約地知曉，青春和孤獨，成年的孤獨，中年乃至老年的孤獨，都是一些症狀不同的疾病。每一個年齡段的人們都有著各自的孤獨。你無法返身拾回你的過去了。你必須沉浮在現在的時光之河中，撈取另一份生活的感悟和失落。

我想，許多年前知識階層以身相許的理想如同失蹤的星辰無跡可尋，在一個時時處處以金錢來衡量存在價值的大商業年代，當我們把雙手舉過頭頂，當南迴歸線的陽光直射我們的雙眼，當曖昧的都市氣息如亞熱帶的青藤般地纏繞住我們，在這樣的時刻，我們所謂的「孤獨」，竟會顯得那麼的做作和矯情。就如同我此刻在電腦前漫無邊際地打下這些文字一樣，其實我的內心卻不清楚到底要向誰傾訴一些什麼。

我眞的並不十分知道：我們爲什麼孤獨。

此刻，我正坐在大運河畔的一幢二十九層高的寫字樓裡寫字。暮色中的晚風在都市的高空中飄搖而過，在並不嚴密的窗戶上擊打出一聲聲微微的呼嘯。窗外，夜燈如蛇，蜿蜒百里，沉睡中的都市如一頭孤獨的怪獸。

身後是喧囂紅火的塵世，眼前，通往孤獨的小道上，正大雪瀰漫。

的確，所有喧囂的事物，包括喧囂的人生，都是很孤獨的，無非，我們並不感知。

# 被知識拯救的生命

「哪怕在這個深夜，只有我一個人還在讀書寫字，人類就還有救。」

——顧準

一九七三年的某個深夜，年近六旬的顧準獨坐在京城的某個牛棚之中。

那時，最愛他的妻子已在絕望之餘自殺了，親密的朋友們相繼背叛消沉，連他最心疼的子女們也同他劃清了階級界線，而那場「文革」浩劫，似乎還沒有任何終結的跡象。

人生在那樣的時節，似乎眞的走到了夜的盡頭。

但讀書人顧準就在這時開始寫書了。

他默默地在一本小學生的習字簿上寫著字，他寫下了〈希臘城邦制度〉，寫下了〈從理想主義到經驗主義〉……神遊千古，憂在當代。他恐怕已不能肯定這些文字是否還會變成鉛字——事實上，直到二〇年後，才由一家地方出版社印行了這部手稿。但他還在默默地寫，寫到「生命如一根兩頭燃燒的蠟燭，終於攝施了它的所有光芒」。

顧準沒有自殺、沒有絕望，一位唯物論者在最黑暗的時候仍然沒有放棄對人類未來的信心。許多年後，他的好友于光遠說：「是知識在這個時候拯救了一位她的兒子。」

幾千年前，在遙遠的巴爾幹半島，一位叫柏拉圖的大哲人寫過一本對話體的《理想國》，哲學家是那裡的國王，知識是無上的食糧，在那個精神家園中還有一條很有趣的「法律」：一個人，哪怕他犯了死罪，但只要他還在讀書，那麼——看在上帝的份上，他就還有救。

事實上，是看在「知識」的份上，這個人還有救。

月前，網上有位愛讀書的商人寫了一篇散文，講述自己在年近六十之屆，才擁有一張小小的書桌時的驛動心情。

那份遲到的天眞，滿溢紙上，眞讓每個人看了都替他高興。

書桌是一個象徵，一個讀書人富足踏實的象徵。

當年抗戰爆發之時，北平學生起而抗爭，那道至今迴盪在歷史星空的吼聲便是：「華北之大，已經安放不下一張安靜的書桌了！」一個時代，連書桌都放不下了，那問題的嚴重性便可見一斑了。

然而，讀著那位商人的文字，在為他高興之餘，又不免有了幾分替讀書人傷感的淒然。

少年時負笈遠行，走一站是一站，自然沒一張固定的書桌；到了青年，趕上一個激越的年代，或上山或下鄉，在廣闊天地中，書桌是一種應該遠離的「小布爾喬亞情結」；到了中年，開始為生計、為職稱、為籃中菜、為身邊娃而忙碌浮沉，書桌簡直就成了一個縹緲的奢望；只有到了兒孫成家、退休事定後的晚年，好不容易喘出一口氣來，才驀然想到，當了一輩子的讀書人，還沒有過一張眞正的、寧靜的「書桌」。

於是自憐，於是茫然，於是開始匆匆置辦……

這樣的描述，幾乎是我們父輩們的「人生公式」了。

當我很多年前大學畢業之際，一位年年拿一等獎學金的同學放棄保送研究生的機會，毅然決然去了當時領風氣之先的南方。在畢業晚會上，他昂然宣稱：在三十歲前，成為一個有自己書桌的讀書人。

那份豪情和壯烈，為傷感的晚會平添了一縷憧憬。

在那樣的時刻，一張書桌，在年輕學人的心中便意味著全部的「物質基礎」——要想有張書桌，總得先有買書桌的錢吧？總得擁有一塊放書桌的空間吧？總得有毫不猶豫買下任何喜歡的書的錢囊吧？總得有從容讀完一本書的寬裕時間吧？總得有一群可以從容地交流讀書心得的朋友吧？

如果你能在三十歲之前，擁有這一切，你難道不就擁有了一位現代讀書人的理想的全部了嗎？

在我寫著這篇文字的時候，離那個晚會已經有二十多年了。

二十多年來，我們的所有努力其實都是為了能走近一張自己的書桌。

然而，我們到底有沒有在這樣的方向上繼續前行？我們是否已經被物質的光芒所迷惑？我們是否已經開始沉迷在另外一些更為光亮的遊戲之中？我們是否還相信生命中那些樸實而悠遠的意義？說實在的，我沒有辦法確切地回答這些問題。當我們指責這個商業年代的浮華之時，其實自己的那張書桌和那份平和的讀書心境也在逝水中漸漸飄遠。

我知道這是一個「最好也是最壞的年代」。睿智的加爾布雷斯在一九九七年把這個年代稱為「自滿的年代」，他認為，絕大多數的人並不會為自身長期的福祉設想，他們通常只會為立即的舒適和滿足打算。「這是一種具有主宰性的傾向，不僅在資本主義世界是如此，更可說是人性深層的本質。」而要擺脫這種宿命，加爾布雷斯的答案是「自我救贖」，你必須在自滿與自省之間尋找到心態的平衡。於是，對理性的崇尚與對知識的渴求，變成了僅有的拯救路徑之一。

「哪怕在這個深夜，只有我一個人還在讀書寫字，人類就還有救。」我不知道在很多年前的那個京城牛棚之中，被幸福拋棄的顧準是否閃現過這樣的倔強的念頭。

# 其實那年我也有五十萬

人生的路，有的時候越走越窄，有的時候越走越多，但是，每一次選擇，便註定意味著無數的錯過。

## 一

一九九九年，馬雲在杭州自己的家裡創辦阿里巴巴，他對追隨他的十七個人承諾，將帶領他們打造出全世界最牛的電子商務公司，不過，因爲只有五十萬元創業資本，所以只能發六百元的月工資。

一九九九年，深圳潤迅的年輕工程師馬化騰把大學同學張志東叫到一家咖啡館，急切地說：「我們一起辦一家公司吧。」他們又招攬了另外兩位同學和一位懂銷售的朋友，湊齊五十萬元，創辦了騰訊。

一九九九年，在一家上海國有企業當董事長秘書的陳天橋面臨一個惱人的選擇：他該拿僅有的五十萬元去買一套房子呢，還是用它去創業？在妻子和弟弟的鼓勵下，他決定冒險，辭職創辦盛大。

這幾個發生在一九九九年的五十萬元的故事，都已經成爲當代青年創業史上的傳奇。其實，在那一年，我也有五十萬。

## 二

一九九九年開春，我的同事、好朋友胡宏偉約我去浙江淳安的千島湖搞調研。到了那兒，縣裡開發公司的人無意中透露說，他們有意將一些小島拿出來作生態農業的開發，鼓勵私人承包經營，胡宏偉的小眼睛就亮了。

開發公司包了一艘船，帶著我們遍覽全湖，很豪氣地說，你們要哪片地都可以。

千島湖還有一個名字，叫新安江水庫，是新中國成立後的第一個大型水利建設工程，爲此遷移三十萬人，淹掉了整個淳安老城，龍應台媽媽的老家就沉在了湖底。這裡的山水號稱江南第一，水質之佳更是舉國無雙。

舟行水面，排浪碎玉，宏偉像個農民一樣蹲在船頭，望著湖面癡癡出神，這個神情深深打動了我。他是當時中國最好的農村記者之一，對土地、莊稼有宗教般的熱情。「如果咱們有這麼一個小島……」他用極具誘惑的語調欲言又止。

接下來的事情是：他先給農業部產業政策與法規司打電話，認定此事合法；然後，與我一起看中了東南湖區的一塊一百多畝的半島山林地，開發公司伐去山上的松木林，我們種進去了三千多棵楊梅樹。楊梅屬喬木植物，從苗木入土到結果採摘長達八年，農民很少願意成片開發，因此，我們的半島便成了杭州地區最大的一片楊梅林。

承包半島、種植苗木、建築房屋，花了我們五十萬元。

三

如果，在一九九九年，五十萬元沒有去買島，而是去創業了呢？

如果，那年在杭州的馬路上騎自行車，碰巧撞翻了馬雲，然後成了阿里巴巴的股東呢？

如果，那年拿五十萬元全數去買了王石、李嘉誠或巴菲特的股票呢？

有一次，去大學演講，跟同學們聊及這些「如果」，大家都嗨得如癡如醉。

其實，在一九九九年，我正在進行著一項秘密的寫作計畫。上一年，受東亞金融危機的影響，中國民營企業界發生了改革開放後的第一次大倒閉浪潮，愛多、南德、瀛海威、巨人等大批顯赫的企業土崩瓦解，我行走各地，實地調研，將之一一寫成商業案例。

二〇〇〇年一月，此書出版，起名《大敗局》，它改變了我之後全部的寫作命運。

如果用1%的阿里巴巴股票，換一部《大敗局》，你換是不換？

## 四

半島上的楊梅長得很緩慢，也沒讓我們少費心。壓枝、施肥、除草、採摘、銷售，以及與周遭農戶的斡旋，每年都有諸多的煩心事。從投資回報率來說，農業從來不是一個賺快錢的產業，司馬遷在兩千多年前就說過了：「用貧求富，農不如工，工不如商。」

這十多年來，我到島上的次數並不頻繁，每次棲居數日，又匆匆離開，回到那個喧噪嘈雜的都市裡，歸根到底我實在還是屬於那個世界的。不過，這裡帶給我的、別樣的快樂，卻無法用金錢來量化。

千島湖的天是那麼藍，空氣中有處子般的香氣，天很近，草很綠，時間像一個很乖、很乾淨的女孩。在這裡，生命總是很準時，沒有意外會發生，院子裡的草在該長起來的時候適時地長出來了，就像那些似是而非的煩惱，你去剪它，或不去剪它，都僅僅是生活的某一種趣味而已。

到了酷暑盛夏，我們會搖著一只小木舟到湖中心，試了試水溫覺得還可以，就跳下去游一會兒泳，然後躺在搖搖晃晃的小船上看天上的雲。千島湖的水真的很好，人在水中好像嵌在裡面一樣，一眼可以望到自己的腳趾。空氣很清新，因而聲音傳得很遠，岸邊漁家夫妻打情罵俏的聲音都遙遙地聽得很清楚。

我們的屋前有一片不大不小的草坪，正對湖面，種著七八種不同的花木，中央有一株很繁茂的桂花樹，這是一九九九年從杭州運來種下的。每年桂花盛開，風過葉響，它就不停地搖，好像一個很喜歡顯擺的小妮子。

## 五

人生的路，有的時候越走越窄，有的時候越走越多，但是，每一次選擇，便註定意味著無數的錯過。

一九九九年以後，我保持著每年創作一本書的節奏，我覺得這是一位職業作家的自我約束。這些書有的暢銷一時，有的默默無聞，有的還引起了糾紛訴訟，但在我，卻好像農民對種植的熱愛一樣，既無從逃避，又無怨無悔。

我們讀書寫作、創業經商，都是爲了讓自己的生活變得更好。不甘於現狀，才可能擺脫現狀，但同時，我們也應當學會不悔過往，享受當下。

人生苦短，你會幹的事很多，但眞正能腳踏實地去完成的事情卻很少，就正如索尼（Sony）創始人盛田昭夫說過的那句話：「所有我們完成的美好事物，沒有一件是可以迅速做成的——因爲這些事物都太難，太複雜。」

# 時間讓你與眾不同

他們簡單地長跑，簡單地做一件事情。他們做事，只爲意義本身。所謂的成功，只是一個結果，它也許水到渠成，也許永無來日。

一九〇二年，二十七歲的詩人里爾克應聘去給六十二歲的畫家、雕塑大師羅丹當助理。在初出茅廬的詩人的猜想中，名滿天下的羅丹一定過著十分浪漫、瘋狂、與眾不同的生活。

然而，他看到的眞實景象與想像中的大相逕庭，羅丹竟是一個整天孤獨地埋頭於畫室的老人。

里爾克問他：「如何能夠尋找到一個要素，足以表達自己的一切？」羅丹沉默片刻，然後極其嚴肅地說：「應當工作，只要工作。還要有耐心。」

是什麼讓某些人變得與衆不同？我覺得羅丹說出了眞正的秘密，那就是：工作，和足夠的耐心。

年輕的時候，我們總想一夜成名，張愛玲說過的「出名要趁早，來得太晚的話，快樂也不那麼痛快」這句話，眞的耽誤了很多年輕人。

其實，你如果把人生當成一次馬拉松長跑的話，在前一千米是否跑在第一眞是一件那麼重要的事情嗎？

我身邊有著很多與衆不同的傑出人物——至少在世俗的意義上是這樣，他們都有一個共同的特質，那就是全身心地投入於自己的工作中。

在我熟悉的中國經濟學家中，張五常大概是天賦最高的一位，他在四十多歲的時候就差點兒得了諾貝爾經濟學獎。同時他又是一個十分勤勉的人，早年爲了寫《佃農理論》，他把十幾箱原始檔案一一分揀完，這份工作大概是很多博士所不屑於去做的。到今天，他已經是一位年近八十的老人了，可是每周還要寫兩篇一千五百字以上的專欄文章。

在我瞭解的當代西方學者中，英國的尼爾·弗格森是公認的「神童」。他的研究領域橫跨歷史學、經濟學與政治學三界之間，不到三十歲就被牛津大學聘爲研究員，四十歲時被《時代》周刊評為「影響世界的一百人」。

可是他的勤奮又是非常人能比的，為了寫作《羅斯柴爾德家族》一書，他和助理們翻閱了羅氏家族百年以來的上萬封家信及成噸的原始資料。

所以，在與眾不同的背後，往往是一些不足為外人道的辛苦。他們簡單地長跑，簡單地做一件事情。他們做事，只為意義本身。所謂的成功，只是一個結果，它也許水到渠成，也許永無來日。

與眾不同的東西，往往在製造的過程中是枯燥的、重複的和需要耐心的。

在流傳至今的明清瓷器中，有犀皮斑紋的是最昂貴的，幾乎一器難求。在很長的時間裡，人們甚至不知道它是由哪些天才製作出來的。後來，王世襄終於在他的書中把秘密洩露了出來，它的製作過程是這樣的——

工匠製作犀皮，先用調色漆灰堆出一顆顆或者一條條高起的地子，那是「底」；在底上再刷不同顏色的漆，刷到一定的厚度，那是「中」和「面」了，乾透了再磨平拋光，光滑的表面於是浮現細密和多層次的色漆斑紋。

當我讀到這個秘密的時候，突然莞爾。

每一件與眾不同的絕世好東西，其實都是以無比寂寞的勤奮為前提的，要麼是血，要麼是汗，要麼是大把大把的曼妙青春好時光。

# 這世上沒有一樣東西我想佔有

直起腰來，我望見藍色的大海和帆影。

——米沃什

先給你抄一段詩歌，是九十三歲才去世的波蘭詩人米沃什寫的：

如此幸福的一天

霧一早就散了，我在花園裡幹活

蜂鳥停在忍冬花上

這世上沒有一樣東西我想佔有

我知道沒有一個人值得我羨慕／任何我曾遭受的不幸，我都已忘記

想到故我今我同為一人並不使我難為情

在我身上沒有痛苦

直起腰來，我望見藍色的大海和帆影。

這首詩歌是畢業於北京大學中文系的中國詩人西川翻譯的，因而讀上去一點都沒有隔膜的味道。米沃什寫它時大概已過了七十歲，從容而沒有塵土氣。

我現在是在千島湖自己的島上讀到它的。

今年江南的天氣實在是好，午睡起來，一個人去廚房裡泡了一杯新上市的龍井茶，然後跑到臨湖的陽臺上坐了一個下午，陽光曬得人全身發酥，一點邪念都沒有了。就在我寫著這些文字的時候，正是桂花開的季節，空氣中瀰漫著慵懶而頹廢的氣息，它總能讓人想入非非。我的屋子的陽臺正對西方，黃昏時分，千島湖的落日非常快，一個輪大的紅日在數叢晚霞的陪襯下，眼見著就滾進了深山的背後，天立即暗將下來。而湖水隨即動盪，拍打岸邊的水聲漸漸地就大起來了，湖上已無來往的漁船，一天結束了。

我將在這個島上度過一周，說起來是爲了沒有完成的寫作，其實是想一個人躲起來讀一些書，寫一點字，其實，最後寫出來的是什麼並不重要了。

我帶了一大堆報紙和雜誌來島上，它們都很枯燥，除了滿目的商業競爭之外，就是刺目的數字。它們的創辦人大多是我認識的人或朋友，那些出現在紙上的每個人都是當今中國最顯赫的人物，他們在照片上的樣子都好兇猛，要麼在竭力地說明什麼，要麼就是在得意地炫耀，千篇一律的，我沒有看到一絲眞正發自內心的微笑。

我知道自己從來便是他們中的一個，從來就是，並以此爲榮。只是現在，在曬了一個下午的太陽、聞了一鼻子的桂花香和讀了米沃什的詩歌後，我突然發現很可笑。梁啓超曾說，中國兩千年，一部二十四史，就是一部二十四姓族的「砍殺」史。其實何止是中國史，從荷馬史詩到伊拉克，一路上滴血走來，卻哪裡逃得出「砍殺」兩字，一切歷史都是當代史，再看今日中國或世界的事物，從中國的商業爭鬥到美國的總統大選，林林總總，概莫能外。這樣想去，便很能讓人平和了。

能讀到好的詩歌，是人生最大的幸福了。我回到杭州當即去買米沃什的詩集。此人生於亂世，少年時參加華沙起義，目睹二十萬人在兩周內一一死去；青年時叛走他國，被族人視爲「無恥的背節者」；壯年時暴得大名又長期被美國人懷疑是「蘇聯鼴鼠」，到死都沒有搞清楚自己是波蘭人還是立陶宛人。可是，在晚年他卻還能夠寫出那麼乾淨的詩歌。

「直起腰來，我望見藍色的大海和帆影。」大海和帆影其實從來就在那裡，只是我們沒有直起腰來。

寫到這裡，伸個懶腰，遙望淡淡暮靄中的千島湖，心中竟還是若有所失。唉，心中放不下的那一點心思，此刻，正隨松柏後面的落日一起，無聲墜下。

# 把人引向毀滅的從來不是金錢

金錢讓人喪失的，無非是他原本就沒有眞正擁有的；而金錢讓人擁有的，卻是人並非與生俱有的從容和沉重。金錢會讓深刻的人更深刻，讓淺薄的人更淺薄。

## 一

也許在我們即將離開這個忙碌、喧囂的塵世的時候，你會呆呆地面對天花板，問自己一個這樣的問題：在你的一生中，曾經有什麼給你帶來過最大的快樂？

是初戀時那一低頭的溫柔？

是事業發達時那顧盼生風的豪情？是洞房紅燭夜？是金榜題名時？

然而肯定的是，你不會像馬丁・摩爾斯那樣的回答，這位英國最大的期貨公司終身總裁在臨終時回答說：「是我十八歲那年賺到第一個英鎊的時刻。」

你大概不會這樣回答，因爲你害怕在臨終之時還留下一個葛朗台式的「惡名」，因爲你並不覺得自己熱愛金錢。然而，在你這一生中，你不能不熱愛金錢。金錢是萬能的，這句話至少有一半是對的。

因爲現世萬物，金錢似乎是交換一切的「萬能工具」，包括最不可逆的時間。

## 二

金錢的「萬能」，是因爲人們賦予了它萬能的意義。

金錢是一個天平，你可以在上面稱出一個人的成功、一個企業和品牌的價值、一個國家的國力。換而言之，人生的、社會的乃至國家的價值，至少有一半是可以用金錢來衡量的，而它們的「金錢價值」，又都是相對的、辯證的。

好幾年前，一部叫《一個也不能少》的電影曾讓無數中國百姓好好地感動了一把。那天，又在愛奇藝上搜出來重看，坐在漆黑的家裡，我突然發現，在這部關於教育的電影中，導演張藝謀講的其實是一個關於金錢的故事。

魏敏芝先是追著喊著找村長，想要的是那五十元的代課費；後來她阻攔一個學生到縣少體校去集訓，所擔心的，也是怕少了一個學生就拿不到五十元錢；再然後，她到縣城去找張慧科，也是怕那五十元黃了。

高老師連手指頭都拿不住的粉筆也捨不得丟掉，而是用指甲夾住了繼續在黑板上寫字；二十多個從來沒有看到過可口可樂的學生輪流著喝一罐「很貴」的可樂……

如果有了五十元，再有了五十元、五十元、很多很多的五十元，如果有了一根、兩根、很多很多根粉筆，如果有了一罐、兩罐、很多很多罐可口可樂，也許就沒有了魏敏芝和她的學生們的窘迫了。當然，那個時候可能便也沒有了張藝謀式的溫情和淡淡的哀傷了。

可是，在現實的生活中，你願意要那份深刻的哀傷還是平庸的富足？把九文大錢排在酒櫃之上，讓孔乙己享受到了瞬間的快感。這樣的快感，我們每一個人都能夠體會到，然而卻不願意說出來。

## 三

李嘉誠七十歲大壽那天，有賓客問他：你平生最大的願望是什麼？李嘉誠小聲地對賓客說：開一間小飯店，忙碌一整天，到晚上打烊後，與老婆躲在被窩裡數錢。

賓客大笑，李嘉誠亦大笑。笑聲兩重天，這中間的「誤讀」似乎很難完全的彌合。前幾天，馬雲的公司在美國上市，他貌似也說過類似的話，其實，讀懂的人也沒有幾個。

沒有享受過金錢的人，的確無法眞正體會金錢的美妙與邪惡。如果曹雪芹不是破落貴族子弟，他到哪裡去尋覓奢侈而堂皇的大觀園？如果張岱沒有經歷過一段荒唐不羈的青春，他的《西湖夢尋》是否還有那份刻骨銘心的喟歎？

「錢袋越滿的人，靈魂越空虛」的說法，顯然散發著一陣酸溜溜的做作之氣。

金錢讓人喪失的，無非是他原本就沒有眞正擁有的；而金錢讓人擁有的，卻是人並非與生俱有的從容和沉重。金錢會讓深刻的人更深刻，讓淺薄的人更淺薄。金錢可以改變人的一生，同樣，人也可以改變金錢的顏色。

把金錢當對手和敵人的人，將一生爲金錢而煩惱；而把金錢當朋友的人，將獲得金錢給予的歡樂和平和。成爲金錢的奴隸，或將金錢視爲奴隸的人，都無法與金錢平視對坐。

# 四

有一首老歌是這樣唱的：「我想去桂林呀我想去桂林，可是有時間的時候我卻沒有錢。我想去桂林呀我想去桂林，可是有了錢的時候我卻沒時間。」

然而，這樣的歌詞其實是不全面的。金錢可以交換安逸、交換保健、交換服務，從而便也間接地交換到了時間。有記者問法國女設計師香奈兒對金錢的看法，香奈兒說：「它使我獲得的獨立性是很有價值的。」

金錢可不可以交換到愛情，我沒有絕對的把握。可是，金錢至少可以讓全天下的有情人過上有飯有床的平靜生活。從古到今，天上人間，我們目睹的愛情悲劇至少有一半以上是因爲金錢的窘迫而拉開了裂紋。

至於思想，似乎與金錢無關，可是沒有金錢的思想會是怎樣的？很小的時候，家裡有一本線裝的泛黃的《論語》，那是我讀到的第一本古書，其中的一段文字影響了兩千年來的中國文人：「一簞食，一瓢飲，在陋巷，人不堪其憂，回也不改其樂。賢哉，回也！」安貧樂道，文人情懷。可是據說愛提問的、孤傲的顏回最後是餓死的。

顏回之樂，與貧困有什麼必然的聯繫嗎？如果有錢，顏回不也就不用「其憂」而只需「其樂」了吧？

餓著肚子的思想家，最後只能思想自己的肚子。

## 五

黑格爾在自己的著作中曾經論述說：在人本性中有一種精神，它以犧牲狹隘的生理利益去追求一種超越其生理利益的目標和原則為滿足。黑格爾因此把人理解成一種「精神的載體」，他特有的尊嚴與其內心掙扎受到生理或自然限定的自由的程度緊緊地連在一起。他的理論很可以解釋，在商業社會裡，人與金錢的倫理關係。

金錢是用來賺取的，同時，金錢也是用來付出的。

隨著一個人的金錢越來越多，他在得到中獲取的快樂——無論是心理上的還是生理上的，都將逐漸遞減終而歸附於零，而因付出而獲得的快樂和成就感將越來越大。這也就是近年來越來越多的企業家投身於慈善、NGO等公共事業的原因所在。金錢的倫理就本質而言，是一個人對自我價值認同的提升過程。現代人的一生，就是一個與金錢抗衡、妥協乃至平等共處，最終彼此取悅的歷程。

在這個意義上，一個人對待金錢的態度，其實也是對待生活和生命態度的某種投影。在所有的人間故事中，把人引向毀滅的不是金錢，而是他本人的作為，金錢在人類悲劇中所起的作用，從來不是主動的，而是被動的。

# 總有一代人會實現我們的夢想

我以爲，我們的夢想已經失落在呼嘯而過的路上；我以爲，我們註定生存在一個根本不值得大師用文字記取的時代。

我不知道有多少年輕的傳媒人是從羅奈爾得・斯蒂爾那本厚厚的《李普曼傳》裡尋找到夢想的種子的。

十九歲那年春天的一個早上，哈佛大學二年級生沃爾特・李普曼聽到有人敲他的門，他打開門，發現一位銀鬚白髮的老者正微笑地站在門外，老人自我介紹：「我是哲學教授威廉・詹姆斯，我想我還是順路來看看，告訴你我是多麼欣賞你昨天寫的那篇文章。」

二十六歲的一個華盛頓之夜，《新共和》的年輕編輯李普曼被介紹到美國總統羅斯福的面前，總統微笑著對他說：「我早就知道你了，聽說你是三十歲以下最著名的美國男士。」

我是在十八歲那年，一九八六年，在復旦大學的圖書館裡讀到這些情節的。那是一個月光很亮的夜晚，當我從圖書館走回六號樓宿舍的時候，內心充溢著無限的憧憬和衝動。我想我之所以能夠在二十多年之後依然無悔地走在這條路上，大半是被那天夜晚的月光所迷惑了。

所有生活在世紀轉折的中國青年，幾乎是被商業浸泡和「掠奪」了青春的整整一代。當我們一無所有地走出校園的時候，我們首先必須面對的是煩瑣的職業、昂貴的房租和無盡的物質誘惑，爲了讓父母放心、伴侶幸福、上司滿意，我們必須用所有的青春去預支、去交換。於是，有想像力者成了最優秀的策畫家，辭藻華麗者成了最繁忙的廣告人，有運作力的則成了所謂的商業新貴，再也沒有人等待春天早上的那個敲門聲，再也沒有人可以筆直地站在「總統」的面前。

直到今天，當我寫下這些文字的時候，內心竟已經沒有了一絲的不安和自憐，我相信這應該是一代人的宿命，不管我們有沒有瞭望到，它都將如期而至。

於是，有很長一段時間，我以爲，我們的夢想已經失落在呼嘯而過的路上；我以爲，我們註定生存在一個根本不値得大師用文字記取的時代。

直到三四年前，讀到許知遠和他們的文字。更讓人驚奇的是，這些青年人已經衝殺到中國最優秀商業媒體的核心。在一片血腥的故事和資料之中，這些充滿了潮濕的夢想氣質的喃喃自語一縷一縷地從水泥深處滲將出來，不管你是否聽懂了，是否喜歡了，它們依然像蠶絲一般堅韌，它們喋喋不休地念叨著李普曼、亨利．盧斯、托克維爾、羅爾斯、加爾布雷斯……這些名字像咒語一般富有魔力，讓一個平庸、淺薄而讓人不耐的商業世界平添了一分怪異的菁英氣質。

互聯網和全球化的到來，讓中國青年得以在一夜之間繞開所有的傳統和包袱。當許知遠們飛越重洋，敲開《經濟學人》、《華盛頓郵報》總編的辦公室的時候，世界似乎真的縮成了一個小小的桃核。這是一些足以讓所有人產生幻覺的對話和經驗，它讓我們相信改變是可能的，夢想是眞實的，未來是眞的會到來的。

此時此刻，當我一頁一頁地閱讀著這些文字的時候，我彷彿又回到了十八年前的那個夜晚，月亮又大又亮，照耀在即將出發的道路上。我彷彿看到那個似乎沉淪的夢想又如泡沫一樣的復活。

那個夢想，一百多年前，在劉鶚的書桌前曾奄奄一息：「棋局已殘，吾人將老，欲不哭泣也得乎？」

那個夢想，一百多年前，在梁啓超的海船上又曾復活了：「縱有千古，橫有八荒，前途似海，來日方長。美哉我少年中國，與天不老！壯哉我中國少年，與國無疆！」

那個夢想，從來是沉重和「不眞實」的。作家龍應台早年留學美國，看見美國的年輕人抬頭挺胸，昂首闊步，輕輕鬆鬆地面對每天升起的太陽，她實實在在地覺得不可思議：「這樣沒有歷史負擔的人類，我不曾見過，我，還有我這一代人，心靈裡的沉重與激越，是否有一個來處？」

做這兩個世紀的中國人實在是很累。從梁啓超、周樹人到龍應台，再到我們，都是一些無法輕鬆的人。我們總是被一些無解的使命所追問，被一些沒有著落的理想所驅趕。我們總是少數。當許知遠在自己的博客上寫道：「一份《新青年》比當時中國最著名的紡織公司，更有影響力。」四周濺起的仍然會是一片嘈雜的不解和不屑聲。我想這並沒有什麼，從來沒有一個國家和時代的夢想是由所有人的肩膀一起來承擔的。

對於一個以「致富」爲唯一生存準則的時代，叢林法則和達爾文主義的盛行似乎是一種必然。但是，總歸要有那麼一些人去呵護住最後那點理想的火星，總歸要有那麼一些人用誇張和尖厲的聲音去引導精神的方向。我們都是一些最終都到達不了目的地的人們——我甚至懷疑以「天生的全球化一代」自詡的許知遠們能否眞的走到那裡。但是，在很多時候，這都不重要，重要的是，我們像稻草人一樣地矗立過，歷史的大風總要從這裡吹過，我們和它處在同一個方向上。

我相信，總有一代人會實現我們的夢想。

總有一代人，會像李普曼那樣等到敲門的聲音，等到筆直地站在「總統」面前的時刻，等到《光榮與夢想》式的中文著作轟然誕生，等到《紐約時報》式的中文報紙在中國的大街小巷上被響亮叫賣，等到伍德沃德和伯恩斯坦式的中國記者成爲國家英雄。

然後，歷史在他們手中「終結」。

然後，「最後的中國人」出現了，他們與龍應台看到過的美國青年一樣，「抬頭挺胸，昂首闊步，輕輕鬆鬆地面對每天升起的太陽」。

（作者註：本文寫於二〇〇四年前後，是爲許知遠的一本新書寫的序言，十多年過去了，知遠早已離開服務過的報紙，但他的寫作仍然迷人，而我仍然堅定地相信：「總有一代人會實現我們的夢想。」）

# 唯一生生不息的是野草和青年人的夢想

如果我們仍然僅僅只會憤怒、懷疑和破壞，而不嘗試著去學習妥協、相信和建設，那麼，今天的青年又如何能超越九十多年前的自己？

每年的此時此刻，太陽都將如約升起，初夏的空氣中升騰起焦灼而驕傲的氣息，城市裡所有匆忙的人們都暫停腳步，紀念自己的青春。

九六年來，每年的此時此刻，我們都一起回望。

作爲最普通的國之青年，算來，我已經度過了三十多個青年節。

第一次有資格過五四青年節的時候，彷彿沐浴一場成人禮，有特別的神聖感，那些遙遠而傲岸的名字像一面面旗幟在遠方飄揚。在後來的很多年裡，那是一次次神秘的眺望，它與理想、犧牲、國家利益等同在一起，成爲生命中最激越的那一個時刻。

後來，我開始瞭解那一場運動的每一個細節，熟悉每一個偉大名字的生命歷程。我突然發現，他們也是矛盾的、焦慮的。他們也是一群二十歲上下的年輕人——更多的是中學生和小學生。就如同所有的青春都沒有藍圖一樣，那些決然的行動背後飄蕩著同樣龐大的困惑，而這些困惑並沒有在一場運動後煙消雲散，相反，它們纏繞了這些人的一生，甚至直到今天仍是這個國家最迫切的成長命題。

再後來，我在廣場之外去尋找那一天的中國。我發覺，那一場學生運動其實是更廣泛意義上的全民運動，全國二十二個省的一百五十多個城市舉行了罷工罷市，如果沒有商人、軍人和工人們的支持，它將不可能產生如此爆炸性的影響。

再再後來，我在中國之外去尋找那一天的座標。我看到，同樣是在一九一九年的亞洲，另一個飽受屈辱的文明古國印度也發生了一場偉大的運動。一個叫甘地的律師發動了「非暴力不合作運動」，他以一種更溫和卻同樣堅定的方式喚醒了自己的國家。

二十多年來，「五四」在我的心目中，反覆重現、印證、顛覆和重構。而我的這種體驗，可能發生在過去九十多年中所有的中國青年身上。一九一九年的五月四日，就像一列燈火輝煌的火車，在暗夜中一閃而過，給人留下若有所失的暈眩感，從彼往後，它變成了一個充滿懸念的使命。

此時此刻，我開始猜想，如果九十多年前的那個青年人回到今天的中國，他會有怎樣的發現和感慨。他會看到什麼在進步，什麼在停滯，什麼在倒退，什麼變得不可思議，什麼變得面目全非；他會相信什麼，還是一如往昔地懷疑一切？

我繼而猜想，什麼是青年？

這個問題聽上去很可笑。不過，就在今天，我不由自主地問自己。青年是一個生理名詞，還是心理名詞？青年是一個特指的族群，還是指國家的某種氣質？

幾乎在所有國家的中心廣場上，紀念碑的塑像都是由青年擔當著主角，他們往往目光如火，縱身向前，呈現出呼嘯吶喊的身姿。可是，這就是國家成長的全部內涵所在嗎？如果說，青年將拯救我們的國家，那麼，誰來拯救青年？

這個國家的青年，在兩千多年的時間裡是十分驕傲的，可是到了一八四〇年鴉片戰爭慘敗，突然發覺自己成了東亞病夫，那種焦慮和狂躁是可以想見的，於是呼嘯革命成了集體的選擇。

覺醒是一個痛快而痛苦的過程，因爲夢想不再，而覺醒的方式和道路卻是模糊和多樣化的。一直到今天，中國的現代化模式仍在探索之中，充滿了巨大的不確定性。在這個意義上，今日之青年所面臨的中國命題，與一九一九年相比，仍有很大的連續性和相似性。

進步在於，九十多年後，我們不再把革命與現代化混爲一談，我們更加相信建設的力量，開始學習理性和妥協。

中國近百年歷史，其實就是關於革命與改良的選擇。讓人高興的是，在剛剛過去的三十多年裡，改革開放的經驗證明，一個國家的經濟騰飛完全可以不經由社會和政治革命的途徑來完成，在經濟的和平崛起中，沒有爆發大規模的社會動盪，沒有發生饑荒、國家分裂和民族對立，絕大多數的民衆是這場改革的獲益者，漸進式的思想已經成爲社會的主流共識，這是一個十分了不起的成就。未來三十年、六十年乃至九十年，我們需要證明的是，這種漸進式的變革路徑和模式有可能給更大範圍的、更爲縱深的中國社會變革帶來新的可能性。

每年的此時此刻，我們以紀念的方式，讓自己不要失去憤怒、懷疑和前進的破壞力。但是，如果我們仍然僅僅只會憤怒、懷疑和破壞，而不嘗試著去學習妥協、相信和建設，那麼，今天的青年又如何能超越九十多年前的自己？

我想起很多年前的一九六九年，那是共和國最混亂和迷茫的時期，文攻武衛，舉國狂躁。二十一歲的北京地下詩人郭路生寫下了《相信未來》：「當蛛網無情地查封了我的爐臺，當灰燼的餘煙歎息著貧困的悲哀，我頑固地鋪平失望的灰燼，用美麗的雪花寫下：相信未來！」十年後的一九七九年，另一個筆名叫北島的青年遙相呼應，寫下《我不相信》──「我不相信天是藍的；我不相信雷的回聲；我不相信夢是假的；我不相信死無報應。」

這就是青年的力量。這就是正在進步的理性力量。

九十餘年中，每一場青春，最終都流離失所，充滿了種種的挫敗感。

然而，九十餘年間，在這個地球上，唯一生生不息的，正是野草和青年人無盡的夢想。

# 對峙本身眞的是一種勝利嗎？

他就像個過河的卒子，單槍匹馬地和嚴陣以待的王作戰，這殘局持續了五十年，而對峙本身就是勝利。

——北島

剛剛從歐洲歸來，去了德國和西班牙。走在歐洲寧靜的田園小城裡，一次次地被打動，靜靜地想了很多關於中國的話題。一八七〇年，中國開始洋務運動，德國剛剛被俾斯麥統一；一九七八年，中國開始改革開放，西班牙結束了佛朗哥的獨裁統治；而今，德國與西班牙早已完成市場化改造，而我們還蹣跚在路上。若以時間而論，我們實在無法用

「遲到」為自己找藉口。

一九六六年的中國，現在已經成為國家歷史中的一道傷口。在那一年的八月五日，毛澤東貼出《炮打司令部——我的一張大字報》，在接下來的三個多月裡，他八次登上天安門，接見了一千三百萬人次的紅衛兵。從此拉開了十年「文化大革命」的序幕。

想當年，這些熱血沸騰的學生喊著「造反有理」的口號，把教室砸得稀巴爛，將自己的老師綁起來批鬥，用皮帶抽打他們，然後再衝進全中國幾乎所有的寺廟，將佛像、書籍等文物盡數砸毀焚燒。多年之後，一代又一代的中國人在反覆地警思，青春的生命為什麼可以瘋狂成如此模樣，而這樣的景象是否會在日後的歷史中再次重演？

答案是模糊和不確定的。

我願意把視野放得更廣泛一點，來思考這個問題。

放眼二十世紀六〇年代中後期的世界，你會發現一個十分奇異的現象：在那幾年，陷入狂飆的不僅僅只有中國，那似乎是一個「造反者的年代」。

自一九四五年第二次世界大戰結束之後，戰後「嬰兒潮」一代正集體地進入青春期，當有關人類命運的偉大敘事漸漸讓位於平庸的商業生活時，這一代青年人表現出了非同尋常的不安，他們在尋找宣洩的出口。哈佛大學的美籍日裔學者入江昭（Akira Iriye）日後評論說，中國的「文化大革命」在某種意義上是一個全球性現象，全世界的青年人都在反對他們的領袖。

在美國，幾乎每一所大學都在發生學生遊行，他們反對越戰，要求性自由，自稱是「垮掉的一代」，著名的哥倫比亞大學和柏克萊大學一度被學生「佔領」。

一九六八年的四月四日，著名的黑人民權運動領袖馬丁・路德・金恩在一家旅館陽臺上被刺殺，憤怒的黑人在一百多個城市發動了抗議示威。

在日本，學生運動也是風起雲湧，東京大學的安田講堂大樓成了一個象徵性的城堡，在這裡經常發生學生與警察的衝突事件。

到了五月，法國首都巴黎爆發了全歐洲規模最大的學生運動，巴黎大學的學生們集體罷課並佔領了大學校舍，警察封閉了校園，學生們在街頭築起街壘同警察對峙。接著，工人舉行總罷工，二十多萬人湧上街頭，高呼反政府口號。學生佔領學校，工人佔領工廠，水陸空交通停頓，整個法國陷於癱瘓，戴高樂總統被迫改組了政府。

在那些渴望革命的歐美學生中，最讓他們醉心的偶像是兩個社會主義的領袖。一個是毛澤東，很多人把他的頭像刺在手臂上，據一九六七年二月十七日的《紐約時報》報導，《毛主席語錄》正風靡全球，它出現在紐約曼哈頓的每一個書店和書報攤上，在日本東京售出了十五萬冊，而在法國巴黎，甚至成了暢銷書排行榜上的第一名。有關資料顯示，在十年「文革」時期，全世界出版了五十多種文字、五百多種版本的《毛主席語錄》，總印數達五十餘億冊，以當時全世界三十多億人口計算，男女老幼平均每人擁有一本半還有餘，以至於它被認爲是「二十世紀世界上最流行的書」。另一個是古巴的切·格瓦拉，他在追隨卡斯楚取得古巴革命勝利後，又跑進南美叢林中繼續打遊擊戰，一九六七年十月，三十九歲的格瓦拉被美國中央情報局和玻利維亞政府軍殺死，誰料這竟讓他成了左翼學生運動的「聖徒」，在後來的四十多年裡，他的一張頭戴金五星貝雷帽的頭像被印在無數的T恤、咖啡杯、海報和鑰匙串上。

然後，與中國不同的是，一九六八年的歐美學生風潮沒有演變成一場顚覆性的社會革命，如法國政治評論家雷蒙·阿隆所描述的，它最終成了一場發洩情緒的「心理劇」。而這又是因爲什麼呢？

傑出的英國歷史學家霍布斯鮑姆在《極端的年代》中給出了解釋：其一，日漸富足起來的中產階級沒有成爲學生的同盟軍，革命失去了必要的社會土壤；其二，知識份子表現出了理性、制衡的能力；其三，也是最重要的一點，西方產業工人的結構發生了本質性的變化，從一九六五年開始，以出賣體力爲主的製造業工人數量開始大幅度下降，服務業迅速繁榮，「知識工人」成了新的主流，在英國和當時的聯邦德國，煤炭和紡織工人的數量在十年間減少了一半，在美國，鋼鐵工人的人數甚至少於麥當勞速食連鎖店的員工。新型資本主義的產業特徵和商業進步軌跡，最終改變了成型於十九世紀末葉的階級鬥爭理論。

也就是說,中產階層的成熟是讓一個國家擺脫非理性瘋狂的唯一藥方。這樣的結論不知是否適合當今的中國,不過,我們也許從此可以尋找到一個思考的出口。在二十世紀六〇年代的美國學生運動中,一個叫艾倫·金斯堡的大鬍子詩人是青年們的偶像,他最出名的詩歌是《嚎叫》,它的頭一句是——「我看見這一代菁英被瘋狂毀掉。」

很多年後,當過紅衛兵的中國詩人北島與金斯堡成了好朋友。在《失敗之書》中,北島寫道:「說來我和艾倫南轅北轍,性格相反,詩歌上旨趣也不同。他有一次告訴我,他看不懂我這些年的詩。我也如此,除了他早年的詩外,我根本不知他在寫什麼。但這似乎並不妨礙我們的友誼。讓我佩服的是他對權力從不妥協的姿勢和戲謔的態度,而後者恰恰緩和了前者的疲勞感。我想這五十年來,無論誰執政,權力中心都從沒有把他從敵人的名單中抹掉。他就像個過河的卒子,單槍匹馬地和嚴陣以待的王作戰,這殘局持續了五十年,而對峙本身就是勝利。」

是的,「對峙本身就是勝利」,這是一種無與倫比的、空前迷人的青春姿態。不過,五十年來,金斯堡死了,北島老了。此刻,在江南初秋的暗夜中,當我讀著金斯堡的詩歌和北島的散文,卻開始想著另外的話題——

比如,對峙是否有理性的邊界?所謂的勝利是單邊的壓倒還是雙邊的妥協?青春的建設性與破壞性是否可能合爲一種力量?

# 冷漠是成熟的另一個標籤

今天，在一個周末午後，我從書架上取下《不合時宜的思想》，瞭望一九一七年的作家高爾基和十多年後的大師高爾基，在這道分裂了的身影裡，我找到了一個嚴厲的警告。

一九一七年，俄皇尼古拉二世政權被推翻，俄皇和他的妻子費奧多羅夫娜被軟禁在葉卡捷琳娜堡。這一天，一位叫海辛的年輕作家來到了皇村，在《印象記》中，他寫道：費奧多羅夫娜人變瘦了，穿著一身黑衣服，左腿很厲害地瘸著。

「瞧，病人，」人群中有人叫道，「腿都斷了。」

「該讓格列沙（俄皇寵臣）到她這兒來，」有人在嬉笑著，「那就立刻好了。」

一陣響亮的哄笑。

那是一個革命狂熱的大年代，海辛的「印象」記錄了一段眞實的細節。這樣的細節，在那樣的大時代中，不但人見不怪而且還顯得有一點點有趣。然而，便是海辛的這段描述，惹出了一個「不合時宜」的聲音。

「放肆地嘲笑病人和不幸的人——不管她是什麼人，是一件卑鄙而下流的事……我們應該牢記這一點，使得權力不至於毒害我們，把我們變成比那些我們終生反對並與之鬥爭的人更卑鄙的魔鬼。」

人們吃驚地發現，說出這句話的是全俄羅斯最同情革命的作家馬克西姆·高爾基。

這便是幾年前才被解密的事實：在一九一七年，在十月革命的暴風雨中，在二十世紀初的某一些激越的俄羅斯之夜，在槍聲和炮聲交織的窗下，信仰革命的高爾基曾經說了很不合時宜的話，很多讓當時的當權者感到尷尬、當時的革命者感到憤懣的話。

——在走向自由的時候，不可能把對人的愛和關心拋棄在一旁；

——千百年來，人類致力於創建了還算不錯的生存條件，並不是爲了在二十世紀來摧毀他們創造出來的東西；

——如果革命不能立即在國家裡發展緊張的文化建設，那麼，照我看，革命就是沒有結果的，就是無意義的，而我們也就是不善於生活的人民。

因爲這些文字，高爾基遭到了廣泛的批判和革命群衆的「信封子彈」。終於，到第二年的七月，彼得格勒出版事務人民委員部查封了刊登高爾基這些文章的《新生活報》編輯部。有人提議應該把高爾基扔進集中營。唯有他的「朋友」列寧保持了一種較寬容的態度，他對手下的幹部說，「高爾基會很快無條件地回到我們這邊的」。

過了十年，流浪海外的高爾基回到了蘇維埃，這時候的他已經被供在了革命文學大師的祭壇上。

這一年，一名逃亡到英國的詩人加松諾夫出版了《我的二十六座監獄和我從索羅維茨島的逃亡》，這便是索忍尼辛日後發表的《古拉格群島》的原型，蘇聯的監獄群島地獄般的生活第一次血淋淋地剝現在世人的眼前。

爲了駁斥這本書的無恥謠言，有關當局決定邀請大師高爾基親自出馬視察索羅維茨島。

這個消息很快傳遍了索羅維茨島，犯人們似乎在黑暗的深淵中看到了一絲微微的亮光。然而，在克格勒的精心安排和導演下，在大師視察群島的那些日子裡，所有的犯人都無法獲得接近大師的機會。

終於，在大師去兒童教養院參觀的那個下午，高潮出現了。

在一群歡樂地跳舞的孩子中間，一位十四歲的男孩子突然衝出了人群，他來到了大師的眼前，睜著俄羅斯人的蔚藍的大眼睛，說：「你聽著，高爾基，你看見的都是假的。」所有在場的人都驚慌失措。正直的上帝借孩子之口把眞相告訴了文學大師。一個小時後，大師老淚縱橫地從教養院中踉蹌而出，一輛轎車接上他，駛向了遠方。

第二天，大師離開了惴惴不安的索羅維茨島。

第二天，說眞話的男孩子被槍斃了。

所有的人，都在等待著大師的視察記。

終於，在《眞理報》上，大師的文章發表了。「索羅維茨島——寂靜和驚人的美。晚上聽音樂會。招待我們吃本地產的鮮魚，肉嫩味美，吃到嘴裡像要融化似的……」

若干年後，受難的索忍尼辛忍不住大聲地質問已經過世的大師：啊，闡釋人心的高手！精通人類學的專家！爲了對得住自己那被恩賜下來的僕人成群的宮殿般的生活，你或許可能對所有的災難都視而不見，可是，可是你怎麼竟沒有把那個對你說出眞話的孩子帶走？

槍聲已經不再在恬靜的窗前響起，眼淚已經不再從優雅的文字中湧出，坐在鮮花和榮譽的祭壇上的大師已經不再聽到受難者的哭泣和號嗚了。

或許，你們今天的受難是昨天作孽的結果；或許，暫時的人道的缺乏是階級利益的需要；或許，爲了俄羅斯更燦爛的明天，你們這群人包括那個十四歲的男孩子都註定了要在這個群島上經歷非人的苦難。

或許，冷漠不需要理由；或許，所有的殘忍只需要片刻脆弱的自我安慰和心靈的暫時的寧靜；更或許，這樣的質問本身，已經不僅僅是針對高爾基了，而是構成了人類文明史以來所有種族和所有世紀的悲喜劇之源。

曾幾何時，冷漠的基因便是以這樣的方式注入我們的血液之中，它成爲一個人走向成熟或成功的另一個標籤。今天，在一個周末午後，我從書架上取下《不合時宜的思想》，瞭望一九一七年的作家高爾基和十多年後的大師高爾基，在這道分裂了的身影裡，我找到了一個嚴厲的警告。

# 騎到新世界的背上

我要講自己的話，我崇尚自由的精神，我希望有一個自在的氛圍。這就是我理解的自媒體，它是——自己的媒體，自由的媒體，自在的媒體。

關於要不要做自媒體，處女座的我糾結了很久。我的胖子朋友羅振宇在開始做《羅輯思維》的那一陣子，一再地慫恿：「你要做自媒體呀，你要做自媒體呀。」等羅粉漲到一百七十萬之後，他對我說：「你一定要想清楚了，再做自媒體。」好朋友都是這樣的，往往喜歡把自己沒搞懂的東西堅定地推薦給自己的死黨。

他提醒我要想清楚的有三點：你已經有名有利，爲什麼還要做自媒體？你打算投多少精力做自媒體？憑什麼年輕的朋友們要讀你的自媒體？

我想了很久。其實到現在，還沒有完全想清楚。

我爲什麼要做自媒體，不做會死嗎？不會。我眞的有那麼多的話要對這個世界說嗎？好像也沒有。你確定能保證投入極大的精力嗎？它會影響我的閱讀、寫作、旅遊及藍獅子出版嗎？不知道。眞的有那麼些人會傻乎乎地每周流覽你的專欄和視頻嗎？仍是不知道。

但是，我的自媒體——「吳曉波頻道」還是在今天上線了。我和我的團隊已經努力把每個版塊和細節磨到最好，然而在端出來的此刻，心裡還是忐忑不已。

「吳曉波頻道」之所以端出來，只是因爲，我覺得「天」變得比想像的快，紙質媒體及傳統新聞門戶正在迅速式微，我所依賴的傳播平臺在塌陷，而新的世界露出了它鋒利的牙齒，要麼被它吞噬，要麼騎到它的背上。

說實話，在博客和微博時代，像我這樣寫慣了報刊專欄和書籍的人，一度非常不適應，我不喜歡口語化的寫作，鄙視靠聳動性言論獲取粉絲的做法，我也不習慣在鬧哄哄的廣場上跟人互噴口水。我寧可躲到一旁，在書房裡讀我的書，在電腦前寫我的書，在課堂上講我的書。

微信的到來，讓我突然有了新的適應感。因爲我發現，在微信的朋友圈裡，你更願意讀到和分享理性的內容，喧囂的聲音被大量遮罩，人們從廣場上重新回到了稍稍安靜的大廳裡。而自媒體則更加的有趣，它如同一個貼了門牌的、有主人的房間，人們因同樣的興趣和愛好，聚在了一起，我安靜地說，大家安靜地聽，你舉手我可以看到，你發言我可以聽到，你搗亂我可以趕你走，而我有不能讓你滿意的地方，你也可以掉頭離開。所有來到這裡的人，又可以互相找到，問候交流。

在這裡，我們將認眞地討論一些公共話題，它們將聚焦於財經事件和人物，當然，隨著中國改革的深入，我們將不可避免地觸及政治、社會和文化命題。很多年來，我一直習慣以一種更旁觀的身份來觀察和記錄這個時代，我迄今記得青年時的職業偶像——美國評論家李普曼說過的那段話：「我們以由表及裡、由近及遠的探求爲己任，我們去推敲、去歸納、去想像和推測內部正在發生什麼事情，它昨天意味著什麼，明天又可能意味著什麼。在這裡，我們所做的只是每個主權公民應該做的事情，只不過其他人沒有時間和興趣來做罷了。這就是我們的職業，一個不簡單的職業。我們有權爲之感到自豪，我們有權爲之感到高興，因爲這是我們的工作。」

是的，「因爲這是我們的工作」。如果李普曼活在當代，他應該也會開出自己的自媒體，我想。在「吳曉波頻道」裡，我要講自己的話，我崇尚自由的精神，我希望有一個自在的氛圍。這就是我理解的自媒體，它是——自己的媒體，自由的媒體，自在的媒體。

此刻，當你讀到這篇文章的時候，我們已經是一夥的了。儘管還不知道你們是誰，來自哪個城市或村鎮，是男是女、年紀多大、學歷多高，不過，我們很快就會熟絡起來。我喜歡的散文家汪曾祺曾經說過一句很妙的話：「一件器物，什麼時候毀壞，在它造出來的那一天，就已經註定了。」一個自媒體也是一樣，它有怎樣的未來，從它出生的那一天起，就已經註定了。

很高興見到你。

# 我的總編同學們

你看，我們對這個世界還是這麼好奇，我們還有勇氣捨棄一切，即便手中的黃金變成了沙礫，但若放手出來，空掌仍能握鐵。

我的大學同學裡，邱兵長得最俊俏，卻也最邋遢。有一年軍訓，天天在泥裡滾、水中爬，他硬是不肯洗衣服，到後來，軍裝脫下來可以直接站立在那裡。畢業後他分配去了《文匯報》，以寫社會題材的大特寫出名，周末了就去復旦母校打麻將。據說麻友都是數學系在讀博士，往往到了凌晨，睡眼惺忪把手一攤：借我五十塊打的。

就這麼混了十三年。二〇〇三年，我的另外一個同學胡勁軍出掌文新集團，突然將他抽調創辦《東方早報》。胡勁軍是我們這夥人的老大，他中學時是上海市中學生記者團的團長，進大學後，主編校學生會機關報《復旦人》，我給他當副主編，這是一份雙周出版的十六開油印小報，發行覆蓋了全校所有的學生郵箱。胡勁軍寫雜文出身，是起標題的絕頂高手，我迄今還記得一個：「制訂制度唯恐不全，執行制度就怕不終」，對仗工整，意蘊堅定。還有一次，實在找不出頭條新聞，我們那時正學到民國時期的報紙爲抗議國民黨抽稿件而開天窗。胡勁軍一抖機靈，在頭條處加了個大框，印「本期無頭條」五字，報紙上街，成了校園大新聞。胡勁軍辦報名氣響，大四時當上了復旦學生會主席、全國學聯副主席，畢業後進《解放日報》評論部，他進去的時候，剛好趕上評論部以皇甫平名義發鄧小平南行評論，紅極一時。

胡勁軍出掌文新，兼任《新民晚報》總編輯，那時，晚報已顯頽勢，他決意另開一局，便有了《東方早報》。辦這張新報以及「舉賢不避親」地任用邱兵，胡勁軍承受了很大壓力，有一次，他對邱兵說：「我把你釘到了牆上，掉不掉下來可是你的事了。」

《東方早報》所有的兵將都是市場上招募來的，平均年齡二十六歲，嗷嗷叫的一夥人。我記得創刊時，邱兵、沈灝等人把設計中的樣報與《紐約時報》並排放在二十米開外，大家品頭論足說哪張長得更精神，在旁邊則是一幅白底紅字大海報，上寫「日出東方利中國」，《東方早報》報名即出於此。

邱兵辦報時，我的另外一位同學秦朔也到了上海，創辦《第一財經日報》。秦朔是我們班的學霸，年年成績第一，讀書讀到了黑格爾的《小邏輯》。畢業時，我跟他都保送研究生，但全放棄了，我回了杭州，他去了廣州的《南風窗》。《南風窗》原本是一本青年民工刊物，主事者是我們的一位大師兄，他不幸早逝，秦朔二十多歲就接手當了總編輯，用十年時間硬是把《南風窗》辦成全國發行第一的時政月刊。秦朔是一頭「河南牛」，任打任罵不改性，當年動輒被叫到北京訓話，但訓著訓著，訓話的人都成了朋友，有人還化名給他寫稿子。二〇〇四年夏天，他在上海籌備《第一財經日報》時，我正在美國當訪問學者，百無聊賴中突然升起念頭，打算寫一本關於改革開放三十年的書，半夜很激動地給他打越洋電話，我當時有點猶豫，因爲要花四年死功夫。秦朔說：「全國能寫這本書的不過五六個人，我們都在忙，就你寫吧。」所以，我寫《激蕩三十年》的第一個決心，是這頭「河南牛」替我下的。

在十年前的那個上海，我還有一位同學在辦報，是我們的班長鈕也仿。鈕同學的愛好是畫漫畫，筆名方人，《復旦人》每期都有一幅，胡勁軍給他開五塊錢稿費。畢業後，他分配到了《支部生活》，鬧得要命就去學賽車，居然捧回過「一九九九年度中國車手領航員積分總冠軍」的獎盃。二〇〇一年，方人被調到一家快掛掉的電腦周報當總編輯，不知他怎麼倒騰的，與地鐵公司簽了個長約，把報紙轉型爲全國的第一家地鐵報，頓時鹹魚翻身。

我的這幾位同學在上海同時辦報的那些年，正是中國報業最爲輝煌的時刻，他們都正當盛年，風雲際會，成了各自碼頭的舵主。最早賺錢的是方人，他只有二十幾桿槍，很多稿子都是從邱兵和秦朔那裡扒來的，成本超低但管道強大，廣告主趨之若鶩。《東方早報》和《第一財經日報》就要苦得多，前兩年均巨虧，二〇〇五年聖誕，胡勁軍做東請吃海鮮刺身火鍋，邱兵、秦朔都來，勁軍說：「今天全中國最會燒錢的兩大總編輯都到了，咱們一定要吃得好一點。」

秦朔長得有點著急，敦實沉穩。邱兵卻生著一張少年娃娃臉。有一次，一家省級黨報集團幾十號人浩浩蕩蕩來「取經」，他穿著漏洞的牛仔褲、斜挎著一只包蹦蹦跳跳地就出來了，人家笑著說：「您辦的是《東方少年報》吧？」但這兩位辦報，都很堅決和麻辣，而且不講什麼情面。這些年記不得有多少次了，有N多企業求情求到我這裡，希望邱兵或秦朔手下留情，我給他們深夜打電話，往往是關機狀態。我掐了手機就暗笑，當年老師就是這樣教我們的，新聞乃天下公器，爲主編者，萬不可以私利私情徇之。

我們這個班，六十多號人，全數爲各省高考翹楚，其中兩個全國文科狀元，畢業那年，不少同學被分到了廠礦小報甚至街道廣播站，但後來的幾年大多歸隊，迄今還有一半左右在吃新聞飯。與前輩相比，我們趕上了市場化的大潮，若有才幹，大多能血拼而出；

與後輩相比，則沉迷於古老的職業和陷足於理想主義的羈絆。

記得大學熄燈夜聊時，一幫人荷爾蒙無處宣洩，叫囂著錢玄同的那句「人過三十就該殺頭」，以爲日後一出江湖，即當「殺人如麻，揮金如土」，然後呼嘯淡退，「自古名將如美人，不許人間見白頭」。斗轉星移，這些夜榻狂言都已被風吹散。更糟糕的是，就當我們把前輩一一幹掉之後，卻突然霜降牧場，地裂河竭，所在行業處百年來未見之險境，我的那些總編同學們忽然發現自己成了「舊世界裡的人」。

寫了這麼多年的字，我們這些人從來沒有打算寫自己，這也是當年老師教的，「此生就當一個合格的記錄者和旁觀者吧，認眞記載這個時代和別人的人生」。今天寫下這篇小文，確實因了最近的種種發生：從五月份開始，我開出自媒體，重新回到每周創作兩篇專欄和一個視頻的忙亂節奏；那個已經有了小肚腩的邱兵同學「殺昨求新」創辦澎湃，還寫了一篇迷倒眾生的〈澎湃如昨〉；秦朔同學剛才給我打了個電話，《第一財經日報》的報紙和電視業務下滑，他的一位副總編幾天前跳槽去了萬達。

「這個世界還在嗎？」這位「河南牛」問我。

我想應該還在。

你看，我們對這個世界還是這麼好奇，我們還有捨棄一切的勇氣，即便手中的黃金變成了沙礫，但若放手出來，空掌仍能握鐵。還是邱兵同學說得好：「我只知道，我心澎湃如昨。」

# 花開在眼前

花開在眼前／已經開了很多很多遍／每次我總是淚流滿面／像一個不解風情的少年；花開在眼前／我們一起走過了從前／每次我總是寫下詩篇／讓大風唱出莫名的思念。

## 一

二〇〇八年七月底，章茜給我打電話：「你的《激蕩三十年》的電視版權沒有賣掉吧？」當聽到肯定的回答後，手機那端的她大大籲出一口氣：「千萬留著，我要了！」

章茜是第一財經負責運營的副總，我曾有一段時間受邀擔任《中國經營者》的主持人，站在漆黑的攝像機鏡頭前期期艾艾地講不全一段話，「金話筒」出身、曾是上海灘最年輕的中國新聞獎一等獎獲得者的章同學在她那個憋屈的格子間裡，無比細心地教我怎樣換氣、咬音、對著鏡頭像看到親人一樣地微笑。

給我打電話的那一天，她剛剛接到集團的任務，必須在年底前做出一部紀念改革開放三十年的系列紀錄片，時間只有四個多月，經費預算三百萬元，這幾乎是一個不可能的任務。她的第一個念頭就想到了我的那本書，這就好比一個被追命的廚師，先衝進菜市場，霸住一堆海鮮再說。

幾天後，七八個人被臨時召集起來，坐在南京西路廣電大廈的九樓會議室裡開籌備會，他們中沒有一個人有參與製作大型紀錄片的經驗。與我坐在一起的，還有從北京匆匆趕來的前中央電視臺《對話》節目製片人羅振宇。那時的羅振宇還沒有成爲今天的「羅胖」，他剛離開央視不久，還像一個江湖漢子一般提著一柄屠龍刀四處尋找成名的獵物。

## 二

四個編導被分成四個小組，各自分頭從我的書裡扒拉資料、梳理線索，同時，試著聯絡需要採訪的當事人。緊張工作了一個星期後，大家再次坐到一起，回饋出來的問題把所有人都卡死在那裡了：根據我的兩厚本《激蕩三十年》，編導們羅列出一百多個採訪對象，可是，這些人要麼是政治家，要麼是企業家或經濟學家，無一不顯赫鮮亮，要在三個月的時間裡全部預約、採訪——哪怕是完成一半的任務，幾乎也沒有可能。

連著開了兩天的閉門會後，氣氛變得越來越沉悶，所有的人都絕望地沉默。

就在這時，羅振宇的大腦袋突然被神明的閃電劈中，他提出了一個建議：我們索性一個當事人也不採訪，就只訪談周邊觀察者，譬如關於鄧小平南方談話，講得清楚的親歷者，起碼超過十個，譬如柳傳志，採訪過他的資深記者至少兩打。在這個原則之下，即便能夠訪到本人，我們也堅決繞開。

這個想法實在太怪異了，初聽好像不可思議，但細細咀嚼，卻會發現這眞是一個天才的「方法論上的革命」，它把攔在眼前的約訪難題都變成了馬其諾防線，一旦繞開，豁然一馬平川。

「羅振宇方法」拯救了編導組。製片人曾捷當即在北京和上海租下兩處簡易的攝影棚，密集約訪相關講述者，在短短的兩個多月裡，居然一舉完成所有訪談內容。同時，章茜還請來上海新聞影像館的張景岳老師助拳，他是全上海最好的「影像大腦」，幾乎沒有他找不到的歷史圖像資料。

## 三

讓我印象最深的是約請步鑫生事件的訪談人。

步鑫生是二十世紀八〇年代知名度最高的企業家，是當時企業大膽改革的典型。《人民日報》自創刊以來，報導量第一的先進人物是雷鋒，第二就是步鑫生。可是，到八〇年代後期，步鑫生領導下的海鹽襯衫總廠因擴張過速而發生經營危機，他漸漸退出了人們的視野。步本人出走海鹽，不知所蹤。

步鑫生現象的最早報導人周榮新是《浙江日報》的老記者，也是我一位相識十多年的師友，我請他到攝影棚講述往事。那天，周老師坐車來了，在棚內，他告訴我，是步鑫生送他來的，現在步就坐在車裡，但他不願意跟大家見面。其實，在過去的很多年裡，疾病纏身的步鑫生一直隱居在上海。

「他的心裡有很深的結，因爲當年的擴張是政府催促搞的，出問題了，卻全部怪罪在他的身上，不給他留一點的後路和尊嚴，他覺得時代對自己不公，他不能原諒。」周榮新幽幽地對我說。

錄影結束後，我送周榮新到大樓電梯口，然後從高處目睹他出樓，走近一輛半舊的黑色轎車，有一個穿灰色衣服的老者下車接上他。車子緩緩駛遠，融入滾滾紅塵。

我突然意識到，在這場摧枯拉朽的大變革浪潮中，所有的當代中國人都被裹挾前行，然而，並不是每一個人都是受益者，並不是每一份付出都獲得了應有的尊重和回報，每個人的心中都有自己的「激蕩三十年」，它百色雜陳，一言難盡。

## 四

片子進入編剪階段後，章茜突然異想天開，提出要創作一首主題曲，譜曲請了音樂人、當年與袁惟仁組過「凡人二重唱」的莫凡，寫詞的活兒自然落到我和羅振宇的頭上。為財經紀錄片寫歌詞，這是完全沒有試過的事情，我們分頭寫出了一稿，我寫得「大江東去」，羅胖子寫得婉約纏綿，章茜表示完全不能接受。後來我又磨磨蹭蹭地改出第二稿、第三稿，還是被無情打回。

時間很快入秋，某日，我到北京出差，去長安街上的雙子座大樓找一個朋友，他遲到了，我拐進底層的星巴克閒坐。此時，已是黃昏時分，北方的秋日驕陽猛烈地打在大街對面的一座鐘樓上，看人來人往，夕陽西下，我突然有點感動，向服務員討了一支鉛筆和一張紙片，寫下了一串長長短短的歌詞——

花開在眼前／已經開了很多很多遍／每次我總是淚流滿面／像一個不解風情的少年；

花開在眼前／我們一起走過了從前／每次我總是寫下詩篇／讓大風唱出莫名的思念；
不知道愛你在哪一天／不知道愛你從哪一年／不知道愛你是誰的諾言／不知道愛你有
沒有變／只知道花開在眼前／只知道年年歲歲歲歲年年／我癡戀著你被歲月追逐的容顏。
花開在眼前／已經等了很多很多年／生命中如果還有永遠／就是你綻放的那一瞬間；
花開在眼前／我們一起牽手向明天／每次我總是臨風輕哼／更好的季節在下個春天；

……

第二天一早，把歌詞傳給章茜，她正在新疆旅行，幾分鐘後，收到回覆：「聽上去像一首老男人的未遂情歌呀。」

## 五

二〇〇八年的十二月下旬，三十一集財經紀錄片《激蕩：一九七八——二〇〇八》在東方衛視準時播出，後來抱回了該年度國內幾乎所有的新聞紀錄片大獎。

由韓磊演唱的《花開在眼前》，則意外地成了一首流行一時的歌曲，登上東方風雲音樂榜的第二名。在很多公司年會上，這個曲子被當成主題曲，有些青年朋友還用它作爲婚禮的背景樂。

它也成爲我繁忙的財經寫作生涯中，唯一的「虛構類作品」。

今天，到我寫這篇文字的時候，章茜已經離開第一財經，曾捷去了唯衆，其他主力編導要麼出國，要麼創業。羅振宇創辦了名噪一時的「羅輯思維」，周榮新老師已經駕鶴西去，年邁體衰的步鑫生則在二〇一四年終於回到海鹽，與他的家鄉父老達成和解。

風流總歸會星散，美好卻始終難忘。

人生那麼短，好玩的事情那麼少，偶爾遇到了一兩件，就趕緊跟相知的朋友一起去做吧。

# 只有廖廠長例外

在這個日益物質化的經濟社會裡，我有時會對周圍的一切，乃至對自己非常失望。但在我小小的心靈角落，我總願意留出一點記憶的空間給廖廠長這樣的「例外」。

據說男人到中年之後，會越來越懷舊，身上的所有器官都會變得越來越軟，從手臂上的肌肉到內心。二〇一四年是我從事財經寫作二十四周年，到了這樣的年紀和時刻，無法不懷舊。這二十多年裡，我行遍天下，幾乎見過所有出了點名的企業家，他們有的讓我敬佩，有的讓我鄙視，更多的則如風過水面，迅而無痕。那天，有人問我，如此衆多的企業家、有錢人，最讓你印象深刻的是哪一位呢？

我想了很久，然後說，是廖廠長。

眞的抱歉，我連他的全名都記不得了，只記得他姓廖，是湖南婁底的一位廠長。

那是一九八九年的春天，我還在上海的一所大學裡就讀。到了三年級下半學期的畢業實習時，我們四個新聞系的同學萌動了去中國南部看看的念頭，於是組成了一支「上海大學生南疆考察隊」，聯絡地方，收集資料，最要緊的自然是考察經費的落實。但到了臨行前的一個月，經費還差一大塊，我們一籌莫展。

一日，我們意外收到一份來自湖南婁底的快件。一位當地企業的廠長來信說，他偶然在上海的《青年報》上看到我們這班大學生要考察的計畫及窘境，他願意出資七千元贊助我們成行。

在一九八九年，七千元是個什麼概念呢？一位大學畢業生的基本工資是七十多元，學校食堂的一塊豬肉大排還不到五毛，「萬元戶」在那時是一個讓人羨慕的有錢人的代名詞。這封來信，讓我們狂喜之外卻也覺得難以置信。不久，我們竟眞的收到了一張匯款單，眞的是從湖南婁底寄來的，眞的是不可思議的七千元。

南行路上，我們特意去了婁底，拜訪這位姓廖的好心廠長。

在一間四處堆滿物料的工廠裡，我們同這位年近四十的廖廠長初次見面，他是一位瘦高而寡言的人。我只記得，見面是在一間簡陋、局促而灰暗的辦公室裡，只有一個用灰格子布罩著的轉角沙發散發出一點時代氣。一切都同我們原先意料中的大相逕庭。這廖廠長經營的是一家只有二十來個工人的私營小廠，生產一種工業照明燈的配件，這家廠每年的利潤大概也就是幾萬來元，但他居然肯拿出七千元贊助幾位素昧平生的上海大學生。

我們原以爲他會提出什麼要求，但他確乎說不出什麼，他只是說，如果我們的南疆考察報告寫出來，希望能寄一份給他。他還透露說，現在正在積極籌錢，想到年底時請人翻譯和出版一套當時國內還沒有的《馬克斯・韋伯全集》。

這是我第一次聽到馬克斯・韋伯這個名字，我不知道他是一位德國人，寫過《新教倫理與資本主義精神》，儘管在日後，我將常常引用他的文字。

在以後的生涯中，我遇到過數以千計的廠長、經理乃至「中國首富」，他們有的領導著上萬人的大企業，有的日進斗金花錢如水，說到風光和成就，這位廖廠長似乎都要差很大的一截，但不知爲什麼我卻常常更懷念這位只有一面之緣的小廠廠長。

那次考察歷時半年，我們一口氣走了長江以南的十一個省份，目睹了書本上沒有過的眞實中國，後來，因種種變故——那一年春夏之際發生的政治風波大大地影響了我們的計畫，行程到達雲南的時候，天下已是一片鼎沸。最終，我們只寫出幾篇不能令人滿意的「新聞稿」，也沒能寄給廖廠長一份像樣點的「考察報告」。後來，我們很快就畢業了，如興奮的飛鳥各奔天涯，開始忙碌於自己的生活，廖廠長成了生命中越來越淡的一道背影。

但在我們的一生中，這次考察確實沉澱下了一點什麼。

首先，是讓我們這些天眞的大學生直面了中國改革之艱難。在此之前，我不過是一位自以爲是的城市青年，整日裡就在圖書館裡一排一排地讀書，認爲這樣就可以瞭解中國，而在半年的南方行走之後，我才眞正看到了書本以外的中國。如果沒有用自己的腳去丈量過，用自己的心去接近過，你無法知道這個國家的遼闊、偉大與苦難。

再者，就是我們從這位廖廠長身上感受到了理想主義的餘溫。他只是萬千市井中的一個路人，或許在日常生活中他還斤斤計較，在生意場上還錙銖必究。但就在一九八九年春天的某一個夜間，他偶然讀到一則新聞，一群大學生因經費的短缺而無法完成一次考察。於是他慷慨解囊，用數得出的金錢成全了幾位年輕人去實現他們的夢想。

於是，就在這一瞬間，理想主義的光芒使這位平常人通體透明。

他不企圖做什麼人的導師，甚至沒有打算通過這些舉動留下一丁點的聲音，他只是在一個自以爲適當的時刻，用雙手呵護了時代的星點燭光，無論大小，無論結果。

大概是在一九九五年前後，我在家裡寫作，突然接到一個電話，接通之後，那邊傳來一個很急促、方言口音很重的聲音：「你是吳曉波嗎？」「是的。」「我是湖南的。」

「你是哪位？」「我在深圳，我是廖……」我聽不太清楚他的聲音。對方大概感覺到了我的冷漠，便支支吾吾地把電話擱了。放下電話後，我猛然意識到，這是廖廠長的電話。他應該去了深圳，不知是生意擴大了，還是重新創業。那時的電話機還沒有來電顯示，從這次以後，我再也沒有收到過他的消息。

這些年，隨著年紀的長大及閱歷的增加，我漸漸明白了一些道理。人類文明的承接，如同火炬的代代傳遞，但並不是所有的人都有能力，或有機會握到那根火炬棒。於是，有人因此放棄了，有人退卻了，有人甚至因妒忌而阻攔別人的行程，但也有那麼一些人，他們主動地閃開身去，他們踞下身子，甘做後來者前行的基石。

在這個日益物質化的經濟社會裡，我有時會對周圍的一切，乃至對自己非常失望。但在我小小的心靈角落，我總願意留出一點記憶的空間給廖廠長這樣的「例外」。我甚至願意相信，在那條無情流淌的歲月大河裡，一切的財富、繁華和虛名，都將隨風而去，不留痕跡。

只有廖廠長例外。

# 找到廖廠長

這一生中，你遇見怎樣的人，然後有機會成爲那樣的人。

## 一

《只有廖廠長例外》一文在「吳曉波頻道」發表後，深圳和湖南兩地分別掀起找人熱潮。

《三湘都市報》的年輕記者湯霞玲受命尋找廖廠長。她找到婁底一位企業家朋友，提供了四條線索：「一、姓廖，一九八九年時年近四十歲；二、在婁底辦過照明配件廠；

三、後來去深圳做生意；四、資助過幾位上海大學生。」

這四條資訊中，居然有三條是我的記憶失誤：一九八九年見面的時候，廖廠長其實只有二十七歲；我在他的小工廠看到的一地零配件不是照明配件，他也沒有去深圳做過生意；一九九五年前後，我接到的那通深圳來電不是廖廠長打來的，而是當年見過的一位他的朋友。

湊巧的是，湯霞玲托到的那位企業家朋友盧新世是漣源商會的副秘書長（當時的漣源縣隸屬婁底地區），他便在微信群裡發佈了找人資訊。

漣源商會副會長廖群洪回憶說，那天晚上正在吃飯，突然手機被刷屏。

盧新世問他，那個姓廖的人是你嗎？

廖一邊喝酒，一邊用中指回覆：年紀不對，也沒有去過深圳，但的確資助過幾位大學生。

幸運的是，廖群洪還記得那四個大學生，有一位姓吳，一位姓王，一位姓趙。湯霞玲居中來回核實，總算落實了事實。

九月二十二日晚，湯霞玲造訪廖家，廖妻從箱底找出二十五年前的一張舊照片。

歷時四十多個小時，廖廠長被找到。

## 二

舊照片中，廖廠長留著一頭披肩長髮，直到三年前才剪去。

他的漣源朋友對我說，「我們就一直當他是個文化人。」這位朋友還無意中說了一個細節：廖廠長當時每月領的工資是二百元，當聽說他拿出七千元資助幾個從未謀面的上海大學生，兩位副廠長跟他大吵一場，一起辭職離開了他。廖一直不願意說這個事情，因爲「大家現在還是好朋友」。

我們的南疆考察是一九八九年三月八日從上海出發的，在婁底見到廖廠長是四月底，回到學校是八月初。廖廠長的生意在這一年的秋季陷入泥潭。他的工廠主業是製造組裝水泥包裝袋的設備。年初，水泥廠預訂了二百台，可是到了年底，因爲宏觀經濟徹底崩潰，只賣出了五台，工廠因此欠下三十萬元的債務。廖廠長只好把廠房低價賣掉，剛夠還掉債務和發工人遣散費，他變得一貧如洗。

廖廠長向丈人借了二千元，決定回漣源老家碰運氣，就在汽車站，一位朋友拉住他的袖子向他借錢，他又掏出了二百元。揣著剩下的一千八百元，他在漣源縣城開了一家液化氣站，這是極微利的生意，「那時只夠抽二角錢一包的香零山」。

慘澹經營了一年多，廖廠長東行到了鎮江丹陽，做魚藥生意，本來好好的，但一筆貨款收不回來，又是一場顆粒無收。他轉而南下去了廣州，投靠廣交集團，做銅進出口貿易。一九九二年經濟開始復甦，他低進高出居然賺了三百萬元。在朋友們的慫恿下，廖廠長轉去廣西防城炒地皮，那時，防城、北海及海南海口是中國地產最熱的幾個地方，他從上海人手裡接過一塊地，還沒有捂熱，轉年就碰到朱鎔基鐵腕整治房地產，泡沫一夜破滅，廖廠長第三次一貧如洗。

一九九三年年底，廖廠長回到長沙，見到大學同學、漣源老鄉梁穩根——也就是後來當過中國首富的三一重工董事長，他們的關係挺不錯，梁穩根結婚時的西裝還是廖廠長出錢送的，廖對梁說，我想再創業，但沒錢了，梁問，要多少，廖說，大概七萬元，梁說，現在就去會計那裡支吧。就這樣，廖拿著這筆錢，開出了一家電腦網路公司，前後四年，業績慘澹。

再後來，專業市場風潮吹到中部省份，廖廠長去雨花機電市場擺攤賣電機，漣源人被稱爲「湖南的溫州人」，控制了長沙的很多專業市場，在老鄉們的幫助下，也在命運的滌蕩中，廖廠長一天一天變得「成熟」了起來，「翻譯馬克斯·韋伯的那些子念頭早就不見嘍」。二〇〇七年，城市急速擴容，廖廠長受聘到長沙郊區的一個城中村當市場經營公司的業務總經理，一幹就是五年，他把紅星·美凱龍引進到了那裡，成爲當地最大的私家中心。二〇一二年，他盤下了一座小錳礦，原本想賺一筆能源景氣的錢，誰料近幾年金屬價格下滑，營收不溫不火，他的日子便漸漸地賦閒了起來。

三

再次見到廖廠長是〈只有廖廠長例外〉發表的一個月後。

我飛到長沙，途中，特意去花店買了一捧鮮花，這是今生第一次給男人送花。沒有想像中的激動。我們只是簡單擁抱了一下，彼此看見了當年的自己。

在一間湘菜小店，我靜靜地聽廖廠長潦潦草草地訴說過往二十五年的商海沉浮，每一次起伏轉折都在我的腦海裡投影出宏觀經濟的波動曲線。他的運氣貌似不太好，總是在景氣的尾巴處被「恰好」掃倒；他的心也太軟，要麼被騙被賴帳，要麼沒有將錢賺透。一路走來，起承轉合，彎彎扭扭。

我為廖廠長帶去了近年寫的九本書，疊起來就是時間的高度，二十五年前答應過的「考察報告」並沒有寫出來，我現在用這個向他交代。

他問我，聽說你要捐稿費，搞一個青年創業公益金。

我說，是的。

他說，你來前，我跟漣源商會的朋友們商量了一下，打算也拿出一百萬元，在湖南設立一支廖廠長青年創業公益金，好不好？

我說，好，一起做點事吧。

二十五年前的廖廠長，其實一直在那裡。

## 四

二〇一四年十月二十五日，洪江古商城。在湖南日報社的盛情主持下，我與廖廠長同臺見面，當年的南疆考察隊隊員、我的同學王月華從南方趕來。

我們的故事很平凡，如湘江裡的一塊卵石，被歲月沖刷，時光擁抱，有點暖暖的。

「一個人用自己的心靈去處理事情，他根據的不是事情本身，而是根據心靈本身。」蒙田說。

在我年輕的時候，遇見廖廠長，眞是一件幸運的事。

這一生中，你遇見怎樣的人，然後有機會成爲那樣的人。

從他的身上，我們可以看出中國文人——或者說是知識份子的某些人格特性，他們從來缺乏獨立在歷史中書寫自我的勇氣，他們往往需要傍依在一個利益集團上，以一種從屬的身份來實現改造社會的理想。

# 江南踏春遇布雷

江南五月，是踏春的好時節。前日，行走到杭州九溪十八澗，此地非旅遊熱點，是極僻靜悠遠的地方，清代學者俞樾——也就是紅學家俞平伯的曾祖父，曾賦詩贊曰：「重重疊疊山，曲曲彎彎路，丁丁東東泉，高高下下樹。」在這裡，遇到一座小墓，在青山之一角，百般寂寥，碑上寫著「陳布雷先生墓」幾字。

突然想爲這位先生寫幾個字。

陳布雷是民國最著名的師爺，也可能是最後一位傳統意義上的師爺。

他出生浙江慈溪耕讀世家，那裡地屬寧紹，自古便是人文淵藪。明清期間，紹興師爺行遍天下，便有「無紹不成衙，無寧不成市」的諺語。陳布雷六歲入私塾，熟誦《毛詩》、《禮記》、《春秋》、《左傳》，是科舉廢除前的「末代秀才」，青年時爲史量才的《申報》撰稿，後任《商報》編輯部主任，因文筆犀利，視野開闊，頗爲一時之重，有人甚至將之與《大公報》的一代主筆張季鸞並論，許之爲「北張南陳」。一九二七年，三十七歲的他被浙江湖州人陳果夫推薦給北伐總司令蔣介石，從此開始了長達二十一年的鞍馬追隨，被後者視爲「文膽」。一九四八年十一月，陳在風雨飄搖中服毒自盡於南京，蔣送匾「當代完人」。

陳布雷性格溫順，內剛外柔，心緒縝密，下筆如鐵。他追隨蔣介石二十餘載，日日比蔣睡得晚，每日清晨，當蔣睜開眼睛，他就已經安靜地站在了帳外。陳對蔣的盡忠，已到了沒有原則的地步，張道藩回憶說：「（陳）對於黨國大計，雖所見不同，常陳述異見，但最後必毫無保留服從總裁之意旨，用盡心思，費盡周折，以求完成總裁之意願。」

作爲一個師爺，陳替主子的細密籌畫已經到了生死度外的程度，他在自殺前寫了十封遺書，分致親人、上峰和朋類，其中在寫給秘書金省吾的信中，連如何爲自殺粉飾，不要給蔣公達成困擾的說辭都已經預留好了——「我意不如直說『某某（指他自己）八月以後，患極度神經衰弱症，白日亦常服安眠藥，卒因服藥過量，不救而逝』，我生無補世艱，斷不可因此舉使反動派捏造謠言。」爲了防止「反動派」捏造謠言，自己不惜在生命的最後一刻捏造謠言，這也許是師爺職業道德的最高境界。

在私德上，陳一生潔身自好，算得上是眞正的道德君子，他日日追隨「領袖」，卻從未動過以權謀私的念頭，平日從不應酬社交，也不入娛樂場所一步，日常飲食僅爲蔬菜豆腐，據說有一個廚師擅自買了兩斤甲魚，被他認爲「太浪費」而辭退了。他見人必稱「先生」、「兄」，彬彬有禮，謙恭有加。如此書生本色且才高八斗，陳布雷因而爲同僚及敵人敬重，當世文豪政客，無不以與之結識爲榮。既殞後，國民黨元老于右任以挽聯「文章天下淚，風雨故人心」悼之。

陳布雷如此忠心蔣介石，如果是甘之如飴倒也罷了。而事實卻是，他的內心卻還脫不了一層無奈的掙扎。尤其在晚年，內戰慘烈，國民黨一敗塗地，參與所有機要謀畫的陳布雷心力交瘁，最後只好以一死解脫，而他在此前數月的書信中卻輕描淡寫地爲自己的角色定位：「我只不過是一個記錄生罷了，最多也不過書記生罷了。」

陳布雷的師爺人生，常常讓人思量起中國文人的宿命與惰性。

從他的身上，我們可以看出中國文人——或者說是知識份子的某些人格特性，他們從來缺乏獨立在歷史中書寫自我的勇氣，他們往往需要傍依在一個利益集團上，以一種從屬的身份來實現改造社會的理想。而在內心，他們又往往不甘這樣的角色。對於主子，他們無法擺脫人格上的依附，而在價值觀上則又與之有文化上的重大出入。對於自己，他們得意於實務上的操作和成就感，卻又對這種極端的入世狀態抱有缺憾。

千秋功名與田園理想膠著在一起，如一杯顏色虛幻、百味交集的烈酒，實在說不清他們到底要的是什麼。在這個意義上，師爺是一種命運，而不僅僅是一個職業。

「無事袖手談性情，有難一死報君王。」陳布雷的際遇總是讓我想起這句古詩。你讀一部二十四史，創業帝王大多被描寫得出身低微不堪——多是亭長、屠夫、兵卒、走販之輩，個性剛毅狡黠，爲人薄恩殘忍，而身邊往往有一些忠勇俱全、智謀無雙的謀士，你常常會生發錯覺：爲什麼後者總是甘心於俯首爲臣，匍匐階下？廟堂之上的那個暴烈者到底憑什麼斜眼俯瞰天下書生？這樣的情節看得多了，某一天你會猛地恍然，原來寫史的人便也是一群書生！他們或許也跟我們一樣，在萬籟俱寂之際內心不甘卻又無法擺脫自身的懦弱，只好在史書中曲筆撒氣一二。

我只見到過陳布雷的胞弟陳訓慈。那是一九九〇年，在陳訓慈的杭州寓所中，他坐在一個碩大的舊籐椅中跟我斷斷續續地講述，抗戰期間他拼死護送《四庫全書》進川避難的往事。在他的身後掛著一幅泛黃的老照片，四男一女五個青年，中間那個瘦臉長鼻的兄長就是陳布雷。在訪問的間歇，陳訓慈淡淡地說他那個著名的大哥：「如果他活到今年的話，應該是剛足一百歲。」

今天我寫這篇文章的時候，陳訓慈也早過世多年。江南鶯飛草長，我在墓前駐足，前賢、故人都如浮雲飄過。

# 生命如草潤細物

**張謇的「父教育，母實業」，以及盧作孚的「微生物」精神，構成了一代中國企業家在政治讓人失望的年代的價值兌現方式。**

畢竟是八十七歲的老人了，走在大生紗廠的水泥路上，張緒武的腿腳已經有點顫抖。鐘樓猶在，圍牆已拆，當年帝國最大紗廠的風姿久已褪色，在一株枝葉繁茂的紫藤前，他停下來，凝神看了一眼，轉身對我說：「這是祖父當年開工廠時親手植下的。」

此時，一陣秋風從一百二十年前輕拂而來，虬枝深褐無聲，如亂雲飛渡的歲月，似無章法，確有天意。

在紫藤架的馬路對面，是一堵企業宣傳牆，大生至今還保留著出黑板報的傳統，版頭題字者是朱德元帥。再往遠去，是一排紅磚鐵架的百年倉庫，如今已是國寶級文物，張緒武抬臂指給我看：「倉庫的後面是大生小學，工人子弟的搖籃。」

恍惚間，一位總角少年身著棉袍，在陽光風塵中飛奔而遠。他出生兩年前，著名的祖父去世，七歲時，意外喪父，讀完初小，即隨母東行去了上海灘，中學時暗中加入中國共產黨，南通「三．一八」慘案時失去聯繫。一九五〇年南通學院紡織科畢業，主動要求遠赴東北北大荒佳木斯「鍛煉」，在那裡一住就是三十年，一口吳儂軟語漸被東北口音替代，其間祖父大墓被家鄉的紅衛兵掘毀。一九八〇年，回南通出任副市長，旋即以無黨派身份任江蘇省副省長。一九九〇年，得榮毅仁舉薦進中信集團任副總經理，繼而兼任全國工商聯常務副主席。後來，因個性耿直「擋」了一些人的財路，仕途再無寸進，心淨為安，前些年，從全國人大常委、財經委員會副主任的位上退下。

入秋時節，南通人袁岳微信我：「今年是張謇考中狀元一百二十周年，張緒武在南通度冬，想請你作一場專題講座，不知有沒有可能？」我欣然同意。十一月十四日，在南通博物苑——這是現代中國第一個博物館——我作了演講，題為「張謇的當代意義」。

中國知識菁英第一次全身投擲於商業，開端於狀元張謇。其始頗有不甘之心，張謇日記曰：「吾農家而寒士也，自少不喜見富貴人，然興實業則必與富人為緣，反覆推究，乃決定捐棄所持，捨身餵虎。」費正清因此評論說：「張謇等士紳文人，在甲午戰敗後之所以突然開始投資辦現代企業，主要是出於政治和思想動機。其行動是由於在思想上改變了信仰，或者受其他思想感染所致。中國的資本主義，長期以來具有某種出於自願的理想主義的特點。」

激進與保守，革命與改良，實乃百年中國知識菁英的兩條路線選擇，其間鴻壑百丈，鮮血翻滾。張謇以南方文人領袖之身下海經商，五年而成全國最大紡織工廠，後來又協助朝廷，擬定第一部《公司律》和《商律》，在改朝換代時，務求和平讓渡，親筆草擬清帝《退位詔書》，其人其事，在近現代國史的很多章節中無法繞過。

從一八九四年中狀元，到一九二六年在破產風波中淒然棄世，張謇這三十餘年可謂生活在政治極其讓人失望的年代，他曾說：「我知道，我們政府絕無希望，只有我自己在可能範圍內，得尺得寸，盡可能的心而已。」因此，在很多年裡，張謇把心力投入於南通的建設，在這裡，他秉承「父教育，母實業」的宗旨，以無窮的熱情和龐大的財力幾乎重構了南通的每一個公共機能，除了第一個博物館，他還創辦了第一個師範學校、第一個現代戲院、第一個盲聾學校。張緒武之子張慎欣告訴我，曾祖父一生創辦了幾十個企業、三百多所學校和各種公益組織，「他的精力太嚇人了，單是一個博物苑，他就留下了數百通手札」。

張謇確實激勵了無數人士。四川青年盧作孚崇尚革命，時刻準備做一顆喚醒民衆的「炸彈」，後來赴南通拜見張謇，心境大改，願意以更爲建設性的方式來實現改善社會的理想。他說：「炸彈力量小，不足以完全毀滅對方，你應當是微生物，微生物的力量才特別大，才使人無法抵抗。」對張謇式理念的追慕讓盧作孚後來成爲「中國船王」，同時他又在北碚開闢試驗區，全面仿效南通模式。

張謇的「父教育，母實業」，以及盧作孚的「微生物」精神，構成了一代中國企業家在政治讓人失望的年代的價値兌現方式，此脈一度斷絕，今日彷彿又爲很多人所推崇，這也正是我所謂的「張謇的當代意義」。

在張家祖宅的牆上，我還見到張謇獨子、張緒武之父張孝若的照片，眉目秀美，額挺頰潤，標準版的翩翩民國美男子。孝若二十歲留美，畢業於哥倫比亞大學商學院，歸國後襄助父親事業，與袁克文、張學良等人並稱「民國四公子」。一九三五年，三十七歲的張孝若被張家前侍衛槍殺於上海寓所，兇手隨即自殺，成爲當時轟動滬上的特大新聞。緒武回憶，當時祖母從租界巡捕房回來，對家母一句「不必深究」而失聲痛哭，就此成了一樁歷史懸案。一年後，華東最大的輪船公司、大達輪船股份公司被杜月笙呑併，而兇手遺孀及子女一直受杜氏照拂，其中眞相，宛有所指。我在作演講的時候，張緒武端坐第一排，目不轉睛。張愼欣後來告訴我，父親近年耳力較差，雖聽不清楚，但全心貫注，他一直致力於推廣張謇的理念，希望讓更多的人知曉張謇的事蹟。

在大生紗廠的老議事廳，張緒武囑人捧出四個木匣子，裡面是其祖父當年開工廠時請人繪製的四幅《廠儆圖》，將開工廠之艱辛警喻後人。

「此圖已經秘藏十年未展，張老叮囑今日予吳先生一睹。」午後的陽光從一人多高的木柵外淡淡透入，百年前的畫卷已有數處黴斑，但畫筆清晰，題字鏗鏘，一行幾人，各懷心情，默默觀睹。張家一門四代，命運與時代絲絲密扣，各有歸屬，正應了唐人許敬宗的那句「本逐征鴻去，還隨落葉來」。

張謇多有名言留世。他曾說：「一個人辦一縣事，要有一省的眼光；辦一省事，要有一國之眼光；辦一國事，要有世界的眼光。」

又言：「天之生人也，與草木無異。若遺留一二有用事業，與草木同生，即不與草木同腐。故踴躍從公者，做一分便是一分，做一寸便是一寸。」

「文革」時期，在去世整整四十年之後，張謇墓被當地紅衛兵粗暴砸開，張緒武的二姊就在現場，目睹一切。棺木打開，張謇陪葬之物竟無一金銀，只有：一頂禮帽、一副眼鏡、一把摺扇，還有一對鉛製的小盒子，分別裝著一粒乳牙、一束胎髮。

富貴不測似浮雲，生命如草潤細物。如是而已。

# 即將失去的痛楚

在有些沒有任何痛楚的時候，你會喪失一些最重要的東西，而你卻連一點心理或生理的反應都沒有。那個時候，無疑正是你一生中最兇險的時刻。

一九五二年的春天，剛剛掛上「人民藝術家」勳章的老舍興致勃勃地寫出了反映「三反五反運動」的劇本《兩面虎》。在隨後的一年多裡，老舍開始了漫長而痛苦的修改過程。

這一年，老舍把這個本子整整改了十二遍，可還是沒有獲得通過。爲了幫助令人尊敬的老舍先生，黨內的諸多筆桿子也紛紛貢獻自己的才智和點子。

周揚、吳晗多次觀看劇本的彩排，並把劇本的主題從最初的「打虎」，改成「爲團結而鬥爭」，繼而又改定成「爲保衛勞動果實而鬥爭」。北京市委宣傳部長廖沫沙對導演歐陽山尊說，要把黨內文件多給老舍先生看看，使他掌握政策：「你要給他看，不然，他很難寫。」

「黨內一支筆」胡喬木連續地給老舍寫信提出自己的誠懇的修改意見，他說：「你的優美的作品必須要修改，修改得使眞實的主人翁由資本家變成勞動者，這是一個有原則性的修改。我以爲這樣，才是眞正寫到了一九五二年鬥爭中最本質的東西。」連周恩來總理也親自觀看了第九稿的彩演，並在當天下午把老舍請去說：「我要跟你徹底地講一下我黨對民族資產階級的政策……」

被呵護和保衛在「政策」之中的劇作家老舍就這樣把原稿「完全地打碎」，最終總算弄出了一個大家都較滿意的劇本。如今，這個被改名爲《春華秋實》的劇本被認定是老舍藝術生涯中最失敗的一部，現在它已經沒有被演出的機會了。

隨後的幾年中，老舍一直沉浸在《春華秋實》的疲憊中而無法自拔。一九六六年，政治運動的氣氛越來越濃了，已經很久沒有接到創作任務的老舍的心情日趨黯淡，有一天，他突然對家人說，「他們不曉得我有用，我是有用的，我會寫單弦、快板，當天晚上就能排——你看我多有用啊……」這年的八月二十四日，老舍沉湖自殺。

老舍的故事，沒有風雨，沒有跌宕，甚至沒有刺骨的痛楚，有的只是靈魂如黃豆被慢慢磨成豆漿般的無言的悲哀。

曾經看到過一張老照片：「文革」期間，一位青年為了表達自己對偉大領袖的崇高愛戴，竟將數枚領袖徽章別在自己前胸的肌肉上。從照片上看，他滿臉的幸福，竟找不出一絲絲痛楚。

我居住的城市還曾發生過一則這樣的新聞：一位農婦在鐵鍋裡翻炒新鮮上市的龍井茶葉，她的手掌在高溫中長時間勞作，幾小時後，肉熟骨現，而她竟沒有一點點的痛楚感。

如果是被皮鞭抽打，如果是被烈火燒烤，如果是被押在被告席上公開地審判，你都會感到種種難忍的痛苦、悲傷和恥辱，你都會生出仇恨、反抗和報復的種子。但是你不太會注意到的是，在有些時候，在有些沒有任何痛楚的時候，你也會喪失一些最重要的東西，而在那時，你卻連一點心理或生理的反應都沒有。那個時候，無疑正是你一生中最兇險的時刻。

我們為什麼會失去痛楚？

其實很簡單：在一種極特殊的環境裡，在一種極特殊的外力的作用下，你的心理或生理神經被麻木，進而自我麻木。你失去了自主的識別能力。你的意識被依附於某種超越了常識判斷範疇的「眞理」之中，總而言之，你失去了自我。

這樣的危險和悲劇，發生在人類演進的每一個時期、每一個種族、每一個國度。有的時候，沒有文化的人群容易被麻木，也有的時候，反倒是最具思想能力的知識份子更容易成爲麻木的主角和幫兇。

失去痛楚感的好處是，人更容易因爲忘我而顯得格外的勇敢和團結，如果一群失去痛楚的人被集結成了一個團隊，其戰鬥力將十分可怕，因此，便也有胸懷大志的菁英，往往善於製造一種令人失去痛楚的精神藥物，來實現他們自己的政治或宗教上的抱負。

而往往在這樣的時刻，當某一種先驗的「眞理」開始瀰漫開來的時候，那些還能夠感到痛楚，並把疼痛大聲喊出來的覺醒者，反倒將成爲命定中的祭典的犧牲。

我眞的不知道，這樣的悲劇有沒有得到終結的時日。

老舍先生是滿族人，原姓舒，生於一八九九年二月，因時值陰曆立春，父母爲他取名「慶春」，含有慶賀春來、前景美好之意。

# 德雷莎修女：我是上帝手中的一支鉛筆

上帝就喜歡玩這樣的遊戲，它讓絕大多數的人生忙碌、喧鬧而豐富，卻讓個別的人生那麼的簡單、純粹而了無雜質。我們都滿頭大汗地擠在前面的那一大堆人裡，唯有德雷莎孤單地走在另外一邊。

這些年，每年的八月我總會懷念起一個已經去世的女人。九月五日，是德雷莎修女（Mother Teresa，1910-1997）去世的紀念日，我不知道忙碌的人們還有幾個記得她。每年到這個時間的前後，很多媒體大概都在忙著爲豔麗而惹人同情的戴安娜王妃作專輯吧。在一九九七年，這兩個女人的去世只隔了六天。

德雷莎從小在克羅埃西亞讀書，十九歲那年由愛爾蘭來到印度加爾各答，在喜馬拉雅山下的達耶林城開始初學訓練。後來成為終身職的修女。一九五二年，德雷莎修女開始了最引人注目的善行，就是為快要死亡的窮人服務，她在加爾各答市的伽黎神廟旁一間空房子裡，建立窮人得到善終的收容之家（垂死之家）。有快死的窮人，因為修女們的細心照顧而起死回生的。除了給予適當的照料之外，修女還教給他們謀生的技能。一九七九年，德雷莎修女被授予諾貝爾和平獎，她到瑞典領取和平獎時，希望取消為她準備的國宴，因為「一頓國宴，只讓三五個人吃飽，但這筆錢交給仁愛傳教修女會，便能夠讓一萬五千個印度人得到一日的溫飽。」在獲獎致辭時，修女謙卑地說：「我是上帝手中的一支鉛筆。」

在德雷莎修女創辦的加爾各答「兒童之家希舒・巴滿」裡，都是被遺棄的病童、弱智兒、受虐兒或淪為雛妓的孩童，他們是弱者中的弱者。德雷莎修女把自己變成最窮的人，當八十七歲去世時，她的遺產只有兩套衣服、一雙鞋、一個水桶、一個鐵造的飯盤和一張床鋪蓋，她相信唯有如此——變成最窮的人——被照顧的人才不會感到尊嚴受到損害。

下面這首詩歌《不管怎樣，總是要……》，抄自「兒童之家希舒・巴滿」的牆上：

人們不講道理、思想謬誤、自我中心，

不管怎樣，總是要愛他們；
如果你做善事，人們說你自私自利、別有用心，
不管怎樣，總是要做善事；
如果你成功之後，身邊盡是假的朋友和真的敵人，
不管怎樣，總是要成功；
你所做的善事明天就被遺忘，
不管怎樣，總是要做善事；
誠實與坦率使你易受攻擊，
不管怎樣，總是要誠實與坦率；
你耗費數年所建設的可能毀於一旦，
不管怎樣，總是要建設；
人們確實需要幫助，然而如果你幫助他們卻可能遭到攻擊，
不管怎樣，總是要幫助；
將你所擁有最好的東西獻給世界，你可能會被踢掉牙齒，
不管怎樣，總是要將你所擁有最好的東西獻給世界。

這首詩歌我很多年前從報紙上抄了下來，現在我常常用它來鄙視我熱鬧而喧囂的生活。在最近這幾年，我才漸漸領悟到，原來付出比得到能夠給人帶來更多的快樂，而這正是德雷莎的啓示。

好的詩歌從來不需要華麗的辭藻，它必定很直接，用最簡捷的方式到達你的心靈。好的人生也是這樣，它應該很純粹、很簡單，它的意義應該用一句話就能夠說清楚。德雷莎修女的一生都很簡單，她忠誠於一個信念，並用最淳鈍的方式日復一日地去實現它。她安居在貧困的社區裡，每天去街上撿回一個又一個病童，然後把他們一一治好。不管怎樣，數十年來，她總是如此。

上帝就喜歡玩這樣的遊戲，它讓絕大多數的人生忙碌、喧鬧而豐富，卻讓個別的人生那麼的簡單、純粹而了無雜質。我們都滿頭大汗地擠在前面的那一大堆人裡，唯有德雷莎孤單地走在另外一邊。

八月，我們懷念天堂裡的德雷莎修女。

這個世界在商業的漩渦中已經變成越來越缺乏快樂，那些古老的傳承和信持已經變得十分遙遠和荒謬，我們已經很久沒有被生命感動。此刻，我們唯一能做的或許就是，念一遍「兒童之家希舒・巴滿」牆上的那首詩歌，然後在這個聲音中默思一下自己如雜花般開放的人生。

# 我爲什麼願意穿越回宋朝

**與漢唐明清相比，宋代就是一個不太強大但有幸福感的朝代。**

前日，《生活》雜誌給我發問卷：「如果你能穿越，最喜歡回到哪個朝代？」我想了一下說：「宋朝吧。」

爲什麼是宋代呢？那不是一個老打敗仗、老出投降派、老沒出息的朝代嗎？連錢穆老先生都說：「漢唐宋明清五個朝代裡，宋是最貧最弱的一環，專從政治制度上看來，也是最沒有建樹的一環。」

其實我想說的是，強大就値得嚮往嗎？如果它老是打仗，它把老百姓管得死死的，它閉關鎖國，它讓一部分人先富起來，而且只讓這部分人富起來，那麼，我們能否不要這樣的「強大」？

在我看來，與漢唐明清相比，宋代就是一個不太強大但有幸福感的朝代。

宋代開國一百多年後，當時的人們開始比較本朝與其他朝代，我們現在聽不到他們討論的聲音，不過估計也與現在一樣，感歎「這是一個最好的時代，這也是一個最壞的時代」。有一位大學問家叫程伊川，說得比較具體，他總結「本朝超越古今者五事」：一是「百年無內亂」，也就是一百多年裡沒有發生地方造反的事情；二是「四聖百年」，開國之後的四位皇帝都比較開明；三是「受命之日，市不易肆」，改朝換代的時候兵不血刃，沒有驚擾民間；四是「百年未嘗誅殺大臣」，一百多年裡沒有誅殺過一位大臣；五是「至誠以待夷狄」，對周邊蠻族採取懷柔政策。這五件事情或有誇張的地方，但離事實不遠，特別是第一條和第四條最爲難得，由此可見，宋代確實是別開生面。

宋代的皇帝對知識份子很尊重，一百多年沒有殺過一人，看著實在討厭了，就流放，流放了一段時間，突然想念了，再召回來。文人之間也吵架，但都不會往死裡整。王安石搞變法的時候，司馬光在大殿上跟他吵，王安石就把他趕到洛陽去；司馬光去了洛陽後就埋頭編《資治通鑒》，編累了，就寫一封公開信罵罵王安石，王看到了，也寫公開信回罵。有人問司馬光：「王安石是個多大的奸臣？」司馬光說：「他寫的文章還是挺牛的。」那時的文人還特別有錢，蘇東坡和歐陽修老是被流放，到了一個地方，看著風景不錯，就買塊地，蓋個亭子。

宋代對商人很寬鬆。在漢朝的時候，商人要穿特別顏色的衣服，不能坐有蓋子的馬車。到了唐朝，《唐律》仍然規定「工商雜類不預士伍」、「禁工商不得乘馬」，而且商品交易只准在政府規定的「官市」中進行。到了宋朝，這些規定都不見了，商人子弟可以考科舉當官，文人們都不太在意自己的商人家庭背景，朱熹就很得意地回憶說，他的外祖父是一個開酒店、做零售的商人，當年可有錢了，「其邸肆生業幾有郡城之半，因號半州」。政府對集市貿易的控制也完全地開放了，老百姓可以在家門口開店經商，各位日後看電視劇，看到老百姓隨地擺攤做生意的場景，那都是宋以後的景象，如果電視劇演的是漢唐故事，你大可以寫微博去嘲笑一下編劇同學。

宋代的文明程度達到前所未見的高度。史家陳寅恪認爲：「華夏民族之文化，歷數千載之演進，造極於趙宋之世。」中國古代的四大發明，除了造紙術之外，其餘三項——指南針、火藥、活字印刷術均出現於宋代。學者許倬雲的研究發現，「宋元時代，中國的科學水準到達極盛，即使與同時代的世界其他地區相比，中國也居領先地位」。宋代的數學、天文學、冶煉和造船技術，以及火兵器的運用，都在世界上處於一流水準。宋人甚至還懂得用活塞運動製造熱氣流，並據此發明了風箱，它後來傳入歐洲，英國人根據這一科學原理發明了蒸汽機。

宋代的城市規模之大、城市人口比例之高，超出了之前乃至之後的很多朝代。兩宋的首都汴梁和臨安，據稱都有百萬人口，當時的歐洲，最大的城市也不過十五萬人。宋代的企業規模也很大，以礦冶業爲例，徐州是當時的冶鐵中心，有三十六個冶煉基地，總計有五千到六千名工人。信州鉛山等地的銅、鉛礦，「常募集十餘萬人」，晝夜開採，每年的產量達數千萬斤。據經濟史學者哈特韋爾的計算，在一〇八〇年前後，中國的鐵產量可能超過了七百年後的歐洲——除了俄國以外地區的總產量。另外，羅伯特·浩特威爾的研究也表明，在十一至十二世紀，中國的煤和鐵的產量甚至比「工業革命」前夕的英國還要多。

正因爲如此繁華，所以馬可·波羅寫的那本遊記，讓歐洲人羨慕了幾百年。歷史學家斷定：「在宋代時期尤其是在十三世紀，透出了中國的近代曙光。」南宋滅亡之後，蒙古人統治了中原九十八年，之後又有明清兩朝，其高壓專制程度遠遠大於宋代，更糟糕的是，實行閉關鎖國政策，中國人的格局從此越來越小，文明創新力也幾乎喪失殆盡。

簡單說到這裡，你知道我爲什麼願意穿越回宋朝了吧——跟漢朝比，宋朝無內亂；跟唐朝比，宋朝更繁華舒適；跟明清比，宋朝更開放平和；跟當代比，宋朝沒有空調、汽車和青黴素，而且也沒有含三聚氰胺的牛奶。

其實，人生如草，活的就是「從容」兩字。

# 這一代的臺北

明明／海闊天空／蔚藍的海洋／你心裡面／卻有一個不透明的地方。

——方文山《琴傷》

「什麼Ｐｒｏ．，就是個Ｐ呀。」

二〇一四年的最後一天，在臺北，去看陳昇的跨年音樂會，小小的好奇是，那個苦戀過他十多年、身爲陸軍上將孫女的前緋聞女友會不會前來助興。在手機音樂庫裡還存著他們十二年前合唱的《爲愛癡狂》：「想要問問你敢不敢，像你說過那樣的愛我，想要問問你敢不敢，像我這樣爲愛癡狂」，寫歌詞的是男生，女生當作誓言來唱，最後落跑的是男生。

十二年前他們在北京邊唱邊哭的時候，臺北正在進行激烈的市長直選，國民黨人馬英九大獲全勝，獲八十七點三萬票，得票率爲空前的６４．１％，從此奠定了這位俊美中年男子的政治江湖地位。

今晚聽陳昇音樂會的時候，當年的小馬哥已貴爲臺灣領導人好多年，然而他的民調最新支持率只有９％，貼著地板在飛。也就在這幾天，馬英九正被兩件棘手的事情所困擾。

第一件是呂秀蓮絕食了，訴求是陳水扁必須在新年前保外就醫。呂女七十周歲了，在南部和民進黨內德高望重，眞的出了人命，那就是另外一場災難，在三十一日清晨，高檢匆匆同意陳水扁保外，小馬哥之前強調的「程序正義」被一陣寒風輕巧地吹走。

另一個不省油的竟也是女人——想當年，小馬哥是多討女選民的歡心，政治評論員周玉蔻爆料馬英九團隊收受頂新魏家的二億元政治獻金，對他從來沒有被質疑過的「清譽」公開挑釁。

在計程車裡，司機談及周小姐的爆料，卻有自己的角度，過去十年間，臺北的房價漲了至少三倍，但他的收入卻活活跌掉了一半。「他不貪又怎樣？」司機的聲音憤憤的，「如果他讓我的收入十年漲三倍，而臺北的房價只漲一倍，他貪個十億我也認啦。」

「你們臺灣人眞的覺得這樣可以嗎？」後座的大陸客呵呵地笑，「我們的秦城監獄裡有一個排的人可以做到這樣，給了你們要嗎？」

二〇一四年臺北又選新市長，新世代的年輕選民們不要藍綠政黨任何一方，不要「政治世家」，甚至不要「政治常識」，愣是選出了一個萌頭萌腦的外科醫生柯文哲，他們對他似乎也不是太感冒，給了個外號叫「柯P」。

「是Pro.柯的意思嗎？」大陸客問。這回輪到臺北人呵呵地笑了：「什麼Pro.，就是個P呀。」

## 安德烈的媽媽辭職了

十六歲的安德烈要出國，媽媽去機場送行，用目光跟著他的背影一寸一寸往前挪。「我一直在等候，等候他消失前的回頭一瞥。但是他沒有，一次都沒有。」媽媽哀怨地在《目送》中寫道，以這篇文章爲書名的散文集出版於二〇〇九年，過去五年僅在大陸就印行了二百七十萬冊。

三十年前，安德烈的媽媽可是臺北文壇的頭號女勇士，《中國人，你爲什麼不生氣》讓整個市民社會燃燒了起來，一本《野火集》轟隆隆地印了一百版次，「歷史硬生生地將一把『文化屠龍刀』塞進龍應台的手裡」。後來，龍應台成了安德烈的媽媽。十二月一日，安德烈的媽媽辭任臺北當局文化部門負責人，離開辦公室的時候好像沒有聽到挽留的掌聲，沒有，一次都沒有。

「有沒有文化局，對於臺北其實一點不重要，臺北有沒有文化，有怎樣的文化，你去誠品一看就知道了。」滿頭灰白頭髮的何飛鵬說，何先生是城邦出版的老闆。每次他都開著一輛白色的保時捷（Cayenne）來看我。

信義區的誠品店，到了深夜十點還人頭攢動。兩個九〇後女生坐在三樓的中庭木凳上，旁若無人地親嘴。

一九八九年，誠品書店在仁愛路圓環創辦時，報禁才解除剛剛一整年，全島最流行的詩人是余光中。「鄉愁是一灣淺淺的海峽，我在這頭，大陸在那頭。」一九九九年敦南店開張，臺北有了第一家二十四小時不打烊的書店，很多計程車司機，到了後半夜沒有生意了，就進來讀書到天明。那一年，有人提出大陸、香港、臺灣經濟「一體化」。

在今天的信義店，方文山的歌詞集出現在詩歌專區裡，李敖的書不太好找，殷海光或胡適文集在哪裡得用電腦查。與前幾年相比，大陸文學家的作品少了很多，除了諜戰小說家麥家的作品堆成一個專區，其他作家的作品星散稀見，在時政和經濟專區，幾乎沒有嚴肅的關於大陸當前局勢的新書。

「臺灣年輕人的本土意識越來越強，他們對屏東縣議員賄選事件的關心，遠大於對岸抓了幾隻大老虎。」

## 「千萬別想太多了」

二〇一〇年，馬雲來臺北，在餐會上遇見一批年紀很大的企業家，頭髮都很白了，每個人都大談創新，怎麼創新，邊上有人告訴他，臺灣有希望。馬雲回去後，對大陸的企業家說，那麼大年紀的人還在談創新，臺灣沒希望了。

臺北工商界不高興了好些年。

幾天前的十二月十五日，新晉亞洲首富的馬雲再來臺北參加論壇，白頭髮的老人上前對他說，你是對的。

每次開兩岸經濟論壇，總有一些資料讓臺北學者很無感，比如：一九九〇年，高雄港的集裝箱輸送量達三百五十萬標箱，居世界第四位，那時，上海港的資料爲四十五點六萬標箱。到二〇一四年，上海港躍居世界第一港，集裝箱輸送量爲三千五百萬標箱，高雄港一千萬標箱，跌爲世界第十四位。

二〇一四年三月十八日，數百名臺灣大學生無預警地突然衝破保安人員的防線，強行佔領立法機構，反對《海峽兩岸服務貿易協定》，《服貿》全文共二十四條及二項附件，臺灣承諾對大陸開放六十四項，大陸承諾對臺開放八十項，記者問大學生，具體反對哪幾條，大多答不出來。在「太陽花」學生運動中，反對的意義大於反對的內容，或者「佔領臺灣行政主管部門」作爲形式本身，就是訴求的全部。

最近，臺北的圈子裡還流傳著一則笑話。

有一天，大陸方面有人給臺灣領導人捎話，金門那邊的「三民主義統一中國」標語褪色得太厲害，得找人重新刷一刷了。馬先生很高興，決定嘉許捎話的人。對方卻說，千萬別想太多了，主要是廈門那邊的遊客看不清楚，影響了生意，旅遊公司有意見了。

如今，從大陸每天到臺灣旅遊的遊客人數最高限額爲七千人，這是二〇一三年三月「大幅提高」後的結果，之前爲每天五千人。

問臺北的官員：「北京故宮一年的接待量是一千萬人次，杭州每年的遊客有九千萬，臺灣多開放一些陸客會出什麼問題？」

「會出問題的。」回答的人是臺灣行政主管部門的顧問，「我們可以把日月潭的停車場擴大十倍，將花蓮的民宿數量增加二十倍，可是，當這些設施都大規模增加後，哪一天，兩岸關係一緊張，對方禁止全部遊客，臺灣經濟就眞的垮掉了呀。」

《管子・輕重戊》中有過這樣的故事：大國齊國以銅向鄰近小國莒國和萊國高價交換

紫草，莒、萊兩國廣種紫草，而荒廢糧食生產，次年，齊國突然停止進口，兩國經濟迅速崩潰。臺灣人古文學得好，這點教訓一直記得，「你千萬別說我們想得太多了」。

## 徘徊在文明裡的人們

一九八二年，羅大佑寫《鹿港小鎮》：「假如你先生回到鹿港小鎮／請問你是否告訴我的爹娘／臺北不是我想像的黃金天堂／都市裡沒有當初我的夢想／在夢裡我再度回到鹿港小鎮／廟裡膜拜的人們依然虔誠／歲月掩不住爹娘純樸的笑容／夢中的姑娘依然長髮迎空／再度我唱起這首歌／我的歌中和有風雨聲……」

生長於南部、寫了很多閩南語歌的陳昇，一直在「保衛」自己的「鹿港小鎮」，他因此反《服貿》，他對記者說：「陸客眞的不要再來了，我們眞的要犧牲我們的生活品質嗎？有人說不簽《服貿》會被邊緣化。我想問的是，難道我們還不夠邊緣化嗎？」

被邊緣化是一個事實，繼而會發酵爲集體情緒，最後固化爲一種「自我邊緣化」的意識形態。

在汐止的食養山房，侍者端上一碟碟宛如藝術品的食物，一朵蓮花在熱騰騰的雞湯中緩緩盛開。

站在戶外的木陽臺上，何飛鵬幽幽地說：「臺灣有西太平洋最好的海岸線、最好的溫泉、最好的美食、最優良的醫保和最友善的人民，但是，臺灣似乎已經沒有了經濟創新的動力，年輕人有新想法，他們要實現它，就得去大陸，去東京，去倫敦，去矽谷。」

陳昇的觀點跟他完全不同：「我眞的覺得，我們不要賺這麼多的錢。臺灣過去最有錢的時代，可能是不正常的時代，現在也許是正常的。」

「臺北不是我的家／我的家鄉沒有霓虹燈／繁榮的都市，過渡的小鎮／徘徊在文明裡的人們。」

## 地上幾乎沒有一根煙頭

演唱會從晚上八點半開始，一直唱進新年來臨，吹了十幾段口琴、唱了五十多首情歌，陸軍上將的孫女終於沒有出現，傳奇一般只在歌詞裡纏綿復活，從來沒有勇氣走進現實。

唱場外，曾經的「世界第一高樓」一〇一大樓開始表演煙火秀，一百多萬人翹首歡呼，跨年時刻，二萬三千發煙火如夢如幻，時間總長二百一十八秒，「臺北市的預算只有這些」。

此時，在彼岸的上海，剛剛封頂的、比一〇一大樓還高一百二十四米的上海中心大廈也將發佈首次跨年燈光秀，而在外灘，因人潮洶湧發生了悲慘的踩踏事件，死亡三十六人，最大的三十六歲，最小的十二歲，都是大好的年紀。

上海踩踏事件在微信和微博裡炸開了鍋，而在臺北青年人的手機裡波瀾不驚，他們用的是Line和WhatsApp。凌晨兩三點鐘，月色朦朧，寒意漸濃，信義區各摩天大樓之間的年輕族群開始三三兩兩、有序地疏散，地上幾乎沒有一根煙頭和一隻空飲料瓶。

# 這一代的上海

夜上海，夜上海／你是個不夜城／華燈起車聲響歌舞昇平／只見她笑臉迎／誰知她內心苦悶

——周璇，《夜上海》

## 一九九〇年的霜淇淋蛋筒

一九九〇年暮春，大學臨畢業，四個外地同學最後一次騎單車去外灘。我們從五角場騎到中山東一路，那裡的東風飯店一樓剛剛開出全上海的第一家肯德基，裡面花花綠綠的都是

趕時髦的年輕人，我們用一天的伙食費買了平生的第一隻霜淇淋蛋筒。然後，幾個少年人就跑到馬路對面，黃浦江沉靜東流，岸堤的水泥防洪壩前全是一對一對談戀愛的人，男的穿著藍色工作服，女的大多梳辮子，這就是很出名的「情人牆」，我們在後面吹口哨，引來一梭子一梭子嫌棄的眼光。

我們在外灘吹口哨的那一刻，大概是上海一百年來最落寞的時候。

國營工廠全面蕭條，全城有八十萬瀕臨下崗的紡織女工，浙江、江蘇一帶的鄉鎮企業幾乎挖走了一半的工程師，他們偷偷地捲走工廠裡的圖紙，到了星期天就跑出城去賺外快。市井風貌枯燥陳舊，「如果在上海街頭拍四十年代的電影，幾乎不用搭影棚」。說這話的人是陳雲，他是青浦人，一九四九年以後，就是在他的領導下重構了上海的國民經濟，並將這種命令型的計畫經濟模式推廣到了全中國。

然而，黃浦江的命運也是在一九九〇年突然拐了一個彎。

這年二月，在上海過春節的鄧小平提出「開發浦東，打上海這張『王牌』」，他說：「我的一個大失誤就是搞四個經濟特區時沒有加上上海。」①四月，市委書記朱鎔基在一排簡易平房前正式宣佈浦東開發起跑。十二月十九日，上海證券交易所開鑼成立，資本的幽靈重新回到上海。在一九四九年之前，這裡可是遠東最大的證券交易市場、全球第一大白銀和第三大黃金交易市場。

## 這應該是全球最昂貴的夜景

上海人最窘的時候，連襯衫都買不起，他們發明了「襯衫領子」，就是只有前襟和後片的上半截襯衫，男人穿著好似一件沒有罩杯的Bra，但就這樣，他們還滿世界的「阿拉，阿拉」。

香港人在上海賺了很多錢，二十世紀八〇年代的時候，他們在城郊辦了很多服裝廠、電器組裝廠，九〇年代中後期則成爲商業地產的主力。在二十年的時間裡，大江南北的人都捲著舌頭學港腔，但在上海灘，上海人堅持用「阿拉」抵抗，聚餐臨別，握著香港人的手，一臉眞誠地祝福：「祝你們早日做gangdu。」港人誠惶誠恐說「不敢不敢」，上海人一臉的壞笑，香港人分不清「憨大」與「港督」。

「小河彎彎向南流／流到香江去看一看／東方之珠，我的愛人／你的風采是否浪漫依然。」一九九一年，羅大佑爲香港塡寫《東方之珠》，一時傳唱華人世界。

---

①趙曉光、劉杰：《鄧小平的三起三落》，遼寧人民出版社二〇一一年第三版，第三百五十八頁。

上海人一直不服氣。

一九九九年，共和國成立五十周年，美國《財富》雜誌機敏地將一年一度的《財富》年會放在上海舉辦，上海人在黃浦江拐彎、最黃金的地段建起了一個電視塔，起名為「東方明珠」。也是在這一年，四百二十一米的金茂大廈和二百五十八米的中銀大廈分別在浦東建成，後者的高度與曼哈頓的洛克菲勒中心主樓高度相等，而洛克菲勒中心的建造時間是六十年前的一九三九年。

大抵也是從這時候起，浦東的賽跑對象不再是維多利亞港，而是大西洋西岸的曼哈頓島。二〇〇八年，四百九十二米的國際金融中心建成，彼時，五百四十一米的世貿雙子塔已經倒塌為一個文明衝突的大坑。二〇一四年年底，六百三十二米的上海大廈封頂，滬深證交所的交易量超過日本。

站在外灘的遊輪上，上海人指著林立的摩天大廈和刺眼的霓虹燈對我說：「這應該是全球最絢麗、也是最昂貴的夜景了，每一扇看得見外灘的窗戶起碼價值一千萬。」這樣的言辭裡漂浮著鍍金的驕傲與焦慮。

## 在一塊磚上，我刻了你的名字

「時代的車轟轟地往前開。我們坐在車上，經過的也許不過是幾條熟悉的街道，可是在漫天的火光中也驚心動魄。就可惜我們只顧忙著在一瞥即逝的店鋪的櫥窗裡找尋我們自己的影子——我們只看見自己的臉，蒼白，渺小。」

張愛玲太用力了，把上海的才情一下子都耗盡，她說，在這座城市裡，「我們每個人都是孤獨的」。

張小姐是大時代裡的小女人，她寫小說和電影劇本，並用充滿了隔膜感的文字定義了那個時代的情緒。很多年後，一位比她晚出生六十三年的四川自貢少年定居上海，也寫小說和電影劇本，並成爲這座城市最暢銷的寫作者。他說：「這是一個以光速往前發展的城市，旋轉的物欲和蓬勃的生機，把城市變成地下迷宮般錯綜複雜，這是一個匕首般鋒利的冷漠時代。」他接著說，在這座城市裡，「沒有物質的愛情只是一盤沙」。

他的小說和電影叫作《小時代》。

從張愛玲到郭敬明，每一代的年輕人都用孤獨、愛情和叛逆來描述自己的青春，然而，同樣的漢字裡面卻潛伏著變異了的血色和基因。

就今日的上海而言，它已經不是一個屬於移民的城市，它的性格過於內向、敏感和黏液質，好像一個沉迷世故的處女座中年男人。

在上海，聽過的最不可靠的愛情是這樣的：一位安徽小夥子在滬打工五年，家鄉的相好來看他，問，這五年裡你到底有沒有賺到錢？他領她去浦東國金中心，站在風很大的馬路上，他讓她抬頭往上看——

「這是上海最高的樓，我們蓋的，在最頂層的一塊磚上，我刻了你的名字。」講故事的人發誓這是眞的事，餐桌上的聽客都笑了：「那個臭小子應該去北京打工，說不定就成了下一個王寶強。」上海出不了王寶強，即便油腔滑調如周立波，也得給觀衆看他的筆直的髮蠟線。

李宗盛在上海居住了兩年半，「想說一點那兩年半的生活，卻發現，即便在離開這個城市好幾年後的今天，還是不容易的，一個影響自己那麼深刻的城市，追索回憶時卻那麼費力、那麼模糊、那麼貧乏」。貧乏的也許是李宗盛，也許是上海，也許是生活本身，他後來去了北京，成了一個專心而受尊重的製琴師，後來便寫出了《山丘》：「越過山丘／卻發現沒人等候／喋喋不休／時不我予的哀愁。」

上海最高的山丘是佘山，海拔一百點八米，現在是超級富人區，一棟別墅動輒上億，買得起的人其實沒有時間住，所以很多別墅裡住著寂寞的保姆和園丁。

## 它就是個「泵」，卻不支持創新

一九九九年十一月，世貿組織在美國西雅圖舉辦國際會議，數萬人舉行史上規模最大的反全球化大遊行，開幕式被迫取消，也是在這個月，北京與華盛頓就中國加入ＷＴＯ達成雙邊協議。

「這是一個很有象徵意義的事件。」英國人Rupert Hoogewerf用一口流利的中文對我說：「過去的十多年，中國是全球化運動的最大擁躉者和獲益者，特別是上海。」Rupert Hoogewerf的中文名叫胡潤，我們每次見面，他總是圍著一條黑灰相間的格子圍巾，這讓人想起了沙林傑對英國人的描述：「他們要麼夾著一把雨傘，要麼叼著一根煙斗，要麼，就不分季節地披著一條格子相間的圍巾。」也是在一九九九年，定居上海的胡潤推出了他的第一份中國富豪榜，從此，樂此不疲。他的一雙兒女出生在上海。

這座城市試圖滿足人的所有欲望，它就是一個「泵」，吸走了周遭方圓一千平方公里的資源、金錢和有野心的商人，但是，它迄今不是中國最有創新能力的城市。

根據胡潤在二〇一二年的計算，上海有十四萬家庭的資產達到了一千萬元，不過五成是因爲炒股和不動產的增值，這座城市裡大約有二百五十位富豪的個人財富在二十億元左右，不過，上海卻沒有誕生最優秀的創業家。

過去二十多年裡，上海始終是國有資本和國際資本的樂土，它們相攜起舞，獨佔風景，與此同時，草根創業和市場化創新則奄奄一息，在幾乎所有的消費品領域，從服裝、飲料到家用電器，上海人幾乎沒有創造出一個排名前三的品牌。

今天的上海也沒有繼承阮玲玉、魯迅和張元濟的熱血傳統，湧現出中國最好的演員、電影、作家和圖書公司。

而在如火如荼的互聯網經濟中，上海人的表現同樣乏善可陳，「上海爲什麼出不了馬雲」這個問題一度讓「阿拉」們無從回答。

「上海是一個特別『靠譜』的城市，它的靈魂中一定有一塊大容量的計算晶片，它太會精算，太講秩序，有太多的錢，但是卻不屬於年輕的創業者。」

## 十八歲的舞曲

二〇一四年暮春，十八歲的女兒去上海，參加一個公益機構組織的成人禮，儀式在外灘邊的華爾道夫酒店舉辦。在一間巴洛克風格的中庭裡，媽媽在女兒的烏黑長髮上插進一支笄，父親牽著她的手，交給一位同樣是十八歲的男舞伴，他有著一張蒼白俊俏的臉龐，膽怯羞澀，手指冰涼。

舞曲華麗而空洞，如同這個一言難盡的時代。

離開的時候，我突然發現，華爾道夫的地址是中山東一路二號，一八六二年的英式建築，一九〇九年翻新改建，成爲遠東聞名的上海總會（Shanghai Club），新中國成立後一度關閉，後來變身爲國營東風飯店。一九八九年十二月，因經營不善，飯店將一樓門面出租給肯德基。幾個月後的一九九〇年暮春，四位即將畢業、前途未卜的窮大學生，在這裡吃到了平生的第一支霜淇淋蛋筒。

# 這一代的杭州

這座城市的氣質一直飄忽不定，大抵因爲它從來不善於拒絕。

## 一

我寫這篇關於杭州的文字是在二〇一四年十一月十一日下午，今天，全國有超過四百家媒體的記者湧進了城市的西部，在一座建成不久、化學氣味尚未散盡的建築物裡，目睹一個商業傳奇的誕生：阿里巴巴的淘寶將在這一天創造多少億的交易額。而一位長相奇異的中年杭州男人對幾位被選擇出來的來訪者喋喋不休地講述自己的、每次聽起來都有點誇張的商業夢想。

因爲有阿里巴巴的存在，如今的杭州被視爲中國電子商務之都，網易把它的運營總部遷到了錢塘江右岸，華爲的一個研發中心和中國移動的數位閱讀基地都設在這裡，中國四大物流公司有兩家誕生在杭州，據說，這個城市裡有十二萬軟體發展者。今天的馬雲，對於杭州這座城市來說，好比一百年前的紹興女子秋瑾，她在被捕殺後葬於西湖之畔的孤山腳下，杭州因此成爲反叛者最心儀的「身後之地」，陳其美、章太炎、陶成章乃至蘇曼殊等人的墓都環立於孤山。

這座城市的氣質一直飄忽不定，大抵因爲它從來不善於拒絕。

## 二

西元八二二年七月，詩人白居易授命南下到杭州出任刺史，其時，城市人口約四萬戶，計十八萬人左右，已號稱「江南列郡，餘杭爲大」。

正是白居易在兩年多的任期內，重構了杭州的城市格局，修堤築壩，使西湖成爲一個景觀性湖泊，「最愛湖東行不足，綠楊蔭裡白沙堤」。到趙宋南遷，此地居然被選爲帝國都城，歷百年而一度成爲當時世界上人口最多的城市。

我在作商業史研究時，曾與當地史家研討過一個問題，馬可・波羅到底有沒有到過杭州，他在遊記中對杭州的記載到底有多少眞實性。據義大利人的計算，臨安城「方圓約有一百英里」，相當於方圓一百七十公里，這一面積比現在的杭州城區面積還要大很多。馬可・波羅說自己在臨安期間，正好碰上大汗的欽差在這裡聽取該城的稅收和居民數目的報告，根據爐灶的數量推算，臨安城有一百六十萬戶人家，約六百四十萬人，這當然是一個十分誇張的數字。

在我看來，馬可・波羅是否到過杭州是可疑的，不過也因爲他的寫作，讓這座太平洋西岸的城市進入了世界商業史的敘述之中。

## 三

二十世紀八〇年代初，讀初中二年級的我隨父遷入杭州，在很長的時間裡，我並沒有覺得這是一座多麼特別的城市。

這裡的商業無法與一百七十公里外的上海相提並論，這裡的湖光山色若放置於我從小長大的寧波、紹興等江南水鄉，也並無絕對的驚豔之處。在記憶中，當年城市的建築物以灰色爲主，市中心的四車道兩旁植著成蔭的梧桐樹，道旁都是被水泥牆包圍著的工廠和居民樓。中心城區的面積非常小，在全國省會城市中排在倒數幾位，在毗鄰陳舊的房屋中擁擠著八十多萬人。「美麗的西湖，破爛的城市」，這是一九七二年季辛吉到訪杭州時對這座城市的評價，當時，他在這裡的一座鹽商遺留下來的莊園裡與周恩來總理起草了「中美聯合公報」。

當我在一九九〇年大學畢業，重新回到這座城市的時候，一些陌生的、與金錢有關的景象開始像幽靈一般出現，這些傳說率先是從菜市場裡傳出來的，那些膚色粗糙、學歷低下的男人從舟山、福建等地運來新鮮的海蝦、帶魚和貝類，然後以幾倍的價格出售，他們很快穿金戴銀，成爲這座城市裡的暴發戶，用鄧小平的話說，是「先富起來的人」。

一九九〇年年底，我奉命去城東採訪一家名叫娃哈哈的校辦企業，據說它在三年時間裡成長爲全國最大的兒童營養液生產企業，娃哈哈派車來接我，是一輛蘇聯產的拉達，接我的人說的第一句話是：「請拽住車門，它不太牢，車子開到一半可能會打開。」在一個處於狹窄街道的廠區裡，我第一次見到了宗慶後，他長著一張典型的杭州人的臉，方正、溫和而缺乏特徵，他的杭州話很純正，講起話來有點害羞，喜歡一個人的表示就是不斷地給你遞煙。我沒有料到，二十多年後，他會成爲中國的「首富」。

宗慶後是我見到的第一個杭州籍億萬富翁，在他之前，中國的富人大多出現在城市之外的農村。進入二十世紀九〇年代之後，財富開始向城市聚集，這裡有更好的商場、學校和醫院，浙江各地的鄉鎮企業家——他們給自己起了一個集體名字叫「浙商」——紛紛到杭州來定居、投資，城市幾乎是在一夜之間就繁榮了起來。一九九八年，朱鎔基總理任期內，政府開放了房地產行業，杭州成為全國第一個房價迅猛上漲的城市，在二〇〇〇年前後，杭州市中心的房價已從一千二百元每平方米漲到了三千五百元每平方米，而在當時，北京天安門附近及上海外灘的房價也不過如此。杭州市中心的杭州大廈一度成為中國最賺錢的商場，它的單位面積營業額在相當長的時間裡為全國第一，一直到前兩年才被北京的新光百貨超過。

## 四

作為全國第一個高房價城市，政府在土地上嘗到了甜頭，有一位叫王國平的市委書記註定將在杭州城市史上與白居易一樣被常常提及。王書記是地地道道的杭州人，他的父親曾是新中國成立後的第二任杭州市市委書記，在十年執政時間裡，他把杭州當成了自己的家園來治理。在他的公事包裡有一張杭州地圖，隨時隨地攤開來指手畫腳。

這是一位有爭議的強權者和建設者，在他的強勢治理下，環西湖的政府機構幾乎被全數拆遷，實現了「還湖於民」，通過大規模的排淤過程，西湖面積擴大了一倍多，他還決定性地將城市的建設中心向東延伸，從西湖地帶轉移到了錢塘江地帶，沿江兩岸迅速崛起，城區規模得到了倍級增長。而在城市的西部，他保留了西溪，使之成爲「綠肺」，全國人民知道它是因爲馮小剛的電影《非誠勿擾》。在這種空前的騰挪之中，杭州十年一大變，而政府也從中大得其利，在二〇〇九年，杭州的土地收入居然高達一千九百億元，爲全國城市之冠。

與其他成爲過帝國都城的中國城市——比如西安、南京都不同，杭州似乎少一份頹廢之氣。在這裡的二十萬在讀大學生、十二萬軟體發展者、數十萬的年輕創業者及打工者，以及數以十萬計完成原始積累的浙商群體讓它始終散發出充滿野心的商業主義氣息。它是一座屬於新興中產階級的消費型城市，自然的美好風景與商業的繁榮天衣無縫地交融在一起。在這裡，走近所有美好的事物都毫不費力，它如湖面的浮萍，膚淺地漂浮在生活的表面，如同生活本身一樣。

一年一度的西湖草地音樂節是中國最熱鬧的民間音樂節之一，西湖動漫節則是規模最大的動漫會展。據說杭州有很多大咖級的年輕網路作家。有一次我碰到廖一梅，跟她聊起杭州的話劇市場，她說，孟京輝劇團在杭州的票務情況竟好過上海，這讓我小小地吃了一驚。

跟中國幾乎所有的大城市一樣，杭州的交通是讓人絕望的，我的住房在運河邊，推窗可見城內唯一的南北高架橋，每到黃昏時分，紅色的尾燈是一道驚心動魄的風景線。每到節假日，杭州城內幾乎寸步難行，所以到這些日子，我必須離開。沉重的房價壓力，讓城市裡的年輕人抱怨不已，如果靜態計算的話，他們一輩子賺的錢都得還給一套百來平方米的住宅房。但是，絕大多數的年輕人仍然捨不得離開。

## 五

就在昨天清晨，我又去了一趟孤山。

站在湖之北岸，在我的身後是沉默的岳飛大廟，舉目望出，我看見了蘇東坡的長堤、秋瑾的大墓、俞樾的書房、林逋的水臺、蘇小小的亭子、吳昌碩的畫室，向東一公里有史量才的別墅、張靜江的公寓以及蔣介石送給宋美齡的美廬，水之南面是毛澤東常年居住的劉莊。

這些名字，有的顯赫囂張，有的潦倒一生，如今他們都各安其位地在歷史的某一個角落。

行遍天下之後，客觀而言，杭州的山水若在世界各勝景中進行排名，肯定進不了前二十。但是，在一個中國人的心中，若這些名字被一一朗誦出來，卻會生長出別樣的氣質，它是「歷史的黏性」，是被想像出來的風景。

土耳其作家帕慕克曾用一本書的篇幅描寫他居住了一生的城市伊斯坦堡，在題記中，他說，「美景之美，在於憂傷」。

一切偉大的城市，大抵都是如此，它從歷史中披星戴月地走出，在破壞中得到新生，每一代人都在它的肌膚上烙下印記，讓它變得面目全非，然後在憂傷中退回到歷史之中，只有城市永遠存在，忍受一切，不動聲色。

# 我一點也不留戀這個時代

這真是一個矛盾重重的年代，人們常常困頓於眼前，而對未來充滿期望。

## 一

因爲是一個商業史的觀察者，所以我常常被人問及一個問題：「你是怎麼看待過去二十多年的中國變革的？」每當這個時候，我就會用一個假設的情景來講述。

假如，有一個叫「中國」的東方城鎮。

二十多年前，那裡的房子都白牆黑瓦，家家門前有條小河，房子和房子之間有雨廊相通，鎮上的人們都互相認識，生活單調而均貧。人人都有一份輕鬆而可有可無的工作，只要沒有太大的天災人禍，每個人都吃得上飯，但是卻不會有太多的積蓄，大家都穿著儉樸而類似的衣裳，和氣而單純。整個城鎮只有一個十字路口，商店均簡陋而乾淨，所有的貨物都是配給制的，要憑票才能購買。天空晴朗而萬物寂寥，對物質的欲望是一種受到譴責的「不道德觀念」。

後來，城鎮裡出現了一些不安分的人，他們悄悄地在街頭擺攤，販賣一些不知道從哪裡弄來的、新奇的小貨物。鎮上那些嚴厲的管理員到處追趕這些人，收繳他們的貨物，把攤子踢翻在地上，因爲他們太齷齪，太不守規矩，也與原來的秩序太格格不入。可是，這些人趕不勝趕——他們擺出來的小玩意兒實在是吸引人，讓所有的街坊們都眼睛一亮，都願意出錢買回去。這些人越來越多，聲響越來越大，金錢居然向他們聚集，他們原本是城鎮上最被鄙視和嘲笑的人，可是不久後，竟成了最有錢的人。這實在是一種很讓人尷尬的事情。到後來，他們不僅穿上了鮮亮的衣裳，竟還有錢收購街上那些生意清淡的鋪子了。

城鎮管理員的想法也悄悄發生了改變，他們覺得讓城鎮熱鬧起來好像也是一件不錯的事情。於是，他們自己上街擺攤、做生意賺錢。儘管他們擁有無人可比的好位置——街上那些最好的商鋪可都是他們的，還可以自己設定管理規則——比如，到了天熱的時候，他們可以規定只有自己的店鋪可以賣涼茶，而別人則不行，可是他們始終不是小商小販們的對手。他們的攤鋪過不了多久就被打得稀里嘩啦，他們經營的生意先是在城鎮的邊遠地帶被擊潰，幾年後，連鎖中心地帶的店鋪也經營不下去了，這眞是讓人頭痛的事情。

就在這個時候，另外城鎮上的一些有錢人也趕來這裡做生意了，他們帶來一大堆鎮上的人們從來沒有見識過的新奇好玩的貨品。街道變得異常的熱鬧。因爲做生意的人越來越多，老的街道要被拓寬了，那些妨礙交通和交易的牌坊之類的東西都被拆除，所有的事物都變得亂七八糟。原來的那些規矩都好像不太適應了，可是新的制度又還來不及建立，於是，一切都顯得混沌不堪。安分守己不再是美德，那些善於鑽營和不安現狀的人成了這個社會最受歡迎的人群，有時候，連豪取強奪的行爲也被容忍了。

又喜又憂的管理員開始尋找新的辦法。當一個城鎮開始繁榮起來的時候，最値錢的資源當然就是十字路口附近的那些土地和商鋪了。誰擁有了它，便也就擁有了財富的源頭。於是，管理員轉變思路了，他們開始尋求結盟。土生土長的小商小販是他們從來就瞧不起的，外來的、財大氣粗的商人成了最合適的盟友。

於是，新的遊戲開始了，管理員把自己名下的、位置最好的土地和店鋪陸陸續續地拿出來，跟外來的商人們合在一起。這眞是一對天作之合，他們中的一位擁有全鎮最好的資源，還可以制定規則，而另一位則好像有用不完的錢，還有舶來的好工藝和最鮮亮的貨品。於是，他們漸漸成了這個城鎮的新主角。那些本地的小商販們儘管還在不斷地壯大，可是他們始終搶不到最好的位置，更要命的是，還有很多貨物是他們不能經營的。誰也不知道這種情景到什麼時候會有改變。

現在，這個叫「中國」的城鎮正在翻天覆地地變化中。

原本只有一個十字路口的繁華區，現在已經擴散成了很多個商業地區，街上的貨物一天比一天豐富，人們的日子也眞的富足和好過了不少，它現在成了遠近馳名的商貿中心。與此同時，原本清潔的天空現在變得灰濛濛了，因爲這裡已經成了一個喧囂的大工地，到處都在塵土飛揚地拆舊房子、拓寬街道、開建新的店鋪，每天街上都會出現新的招牌和新的貨物，一切都是那麼的欣欣向榮、那麼的忙亂。

二十多年前的那種清淡而悠閒的生活早已一去不復返，那些漫捲著詩書無聊行走的人們早已不見了，每個人的神情都很緊張，充滿了不安全感，他們走路的速度比以前明顯要快多了，連說話的速度和態度也大大的不同。態度和氣的街坊也消失了，因爲人人都是生意客，每個人的身份和價値都跟他的財富多少有關，這好像是另外一種單純。

不管你喜歡還是不喜歡，這個叫「中國」的城鎭眞的是與三十多年前大大的不同了，每個身處其間或遊歷到這裡的人都很好奇於它的未來。這眞是一個矛盾重重的年代，人們常常困頓於眼前，而對未來充滿期望。

每當我用這樣的方式講述中國變革的時候，聽的人都會面帶微笑而覺得有趣。

## 二

一九〇二年，安德魯·卡內基已經很老了。兩年前，他將自己的美國鋼鐵公司與J·摩根實現聯姻，從而成爲當時世界上最富有的人。可是直到這時候，他也還沒有搞清楚，到底財富給自己帶來了什麼。從一個紡織女工家的窮小子到世界首富，卡內基打造出了一個前所未有的鋼鐵帝國，也塗抹出一個吝嗇、冷血、沒有任何知心朋友的生命圖本。這一年，六十七歲的他開始頻繁出入教堂，在那裡的某一天，他突然開始醒悟。他的傳記作者奧爾·亨廷頓寫道：「直到那一刻，他才意識到，是上帝派他來賺那麼多的錢，所以他必須在有生之年把它們都還給上帝的子民們。」老卡內基把他的餘生都投入慈善之中，今天在美國各地，你到處可以看到卡內基捐贈的圖書館、博物館。

我們爲什麼要賺錢；我們想要用賺來的錢去購買什麼？對今天所有的人都是一個問題。

我認識一位朋友，他是一家跨國諮詢公司中國區總裁，在他的努力下，這家公司在中國獲得了顯赫的成績，而前年年初，他突然宣佈辭職，然後獨自一人去臺灣當一名傳教士。在離開大陸前的一次聚會上，他告訴自己的朋友們，「我上半輩子已經賺到了足夠的錢，讓我從今天出發去尋找自己的快樂」。

我很羨慕這位朋友，至少就他個人而言，已經找到了自己的答案。

馬克斯．韋伯在《新教倫理與資本主義精神》中認爲，在中產階級仍很落後的國家，都曾有一個鮮明的特徵，就是盛行不擇手段地通過賺錢牟取私利，這幾乎是一個無法超越的階段。而成熟商業社會的標誌則是，人們從對物質的追逐中脫離出來，開始去發掘生命中另外一些抽象的、形而上的價值。

百年的積弱和貧困，使得今日的中國依然處在一個創富的激情年代中，一切以經濟爲中心，一切以財富爲標竿，所謂的智慧、快樂與價值都似乎是可以被量化的，而倫理、道德則成爲一種可有可無的奢侈品，它們的底線往往可以被輕易地擊穿。

今天很多人把今日之中國與二十世紀六〇年代的美國社會相比較。美國心理學家尤維．吉倫便認爲，這是兩個十分相似的商業社會。伴隨著經濟的迅速發展，人口大量湧入城市，轉型期的社會、經濟乃至個人的不確定性因素與焦慮的社會心理相結合，必然導致衆多的社會矛盾。然而，必須指出的是，今日中國人與美國人最大的差異在於，我們一直缺乏一種形而上的精神空間，缺少精神慰藉的空白，這將導致因商業生存而被扭曲的普世價值倫理無法得到應有的修補。有一年，我去波士頓的燕京學社拜訪杜維明先生，他提醒我說，「你有沒有發現，儘管美國是一個非常物質化的社會，但是，與中國最大的區別是，這裡到處是尖頂」。他所謂的「尖頂」，是指遍佈全美各地的教堂，人們每至周末便全家到那裡去做禮拜。

我能理解杜先生的解讀，他最近在華人世界倡導「儒家學堂」便也是企圖建造一個「東方式的尖頂」。只是他的努力因爲缺乏回應而顯得那麼羸弱。

我曾經去過北方的一片森林：四十年前那裡鬱鬱蔥蔥無涯無際；二十年前，人們開始大量砍伐建廠，當地的居民走上了小康的道路；五年前，林木銳減、水土流失，自然環境急速惡劣，一些賺到錢的大戶開始紛紛外遷；一年前，當地人開始大面積種樹，試圖恢復原貌，而據說，要恢復到二十年前的模樣，大概需要一百年時間。

天下輪迴，大抵如此。每一個人生、公司、國家和文明，確乎是有「報應」的。如果沒有清晰、超然而有規畫的生命觀，那麼任何財富追逐的結果都將是灰色的、茫然的。這樣的話題，對今天很多中國人來說，還是那麼的陌生，但是我想，可能用不了多久，它就會變得百分的醒目。我希望穆罕達斯・甘地式的觀念能成爲普世的生命觀。這位終生節儉而倔強的印度人將下列現象稱之爲「可以毀滅我們的事物」，它們包括——沒有規則的政治，沒有良知的快樂，沒有勞動的財富，沒有個性的知識，沒有道德的生意，沒有人性的科學，沒有犧牲的信仰。

## 三

我為自己生活在這樣一個充滿了巨變和戲劇性的大時代而感到幸運，但是，說實話，我一點也不留戀這個時代，我希望它快點過去。我希望那些貌似古板而老套的價值觀重新回到身邊，它們是——

做人要講實話，要有責任感，敢於擔當；

要懂得知恩圖報，同時還要學會寬容；

要學會關心別人，特別是比你弱勢的那些人；

一定要敬天畏人，要相信報應是冥冥存在的；

要尊重大自然，而不要老是在破壞中攫取；

要相信自由是天賦的，誰也不能剝奪。

人生的確有比金錢更為重要的事情，比如陪女兒玩半個小時的積木，或與太太冒雨去看一場午後電影。

我希望它們一一回來。因為只有與它們相伴，財富才會真正地散發出智慧和快樂的光芒。

# 商業是一場有節制的遊戲

「我經常反思自問，我有什麼心願？我有宏偉的夢想，但我懂不懂什麼是有節制的熱情？」

——李嘉誠

二〇〇五年年初，新疆學者唐立久來電。這位「德隆研究第一人」受藍獅子之邀寫《解構德隆》。在上一年的股災中，中國最大的民營企業、擁有一千二百億元資產的德隆係陡然崩盤，董事長唐萬新入獄。作爲唐氏的多年好友，唐立久在寫作的同時還在爲德隆官司奔忙。他告訴我：「唐萬新一案涉面龐雜，光是律師訴訟費用就要二百六十五萬元，唐家最多能拿出一百二十萬元，其餘的部分是我和新疆的一些朋友幫助解決的。」

我竟不能相信。

那個曾經控制數百家公司，可以操縱上千億元的唐萬新居然只能拿得出區區一百二十萬元？敦厚而深知唐家底細的唐立久說，已經翻箱倒櫃了，萬新眞是沒有錢。

話語至此，手機兩端一時寂靜。

就在不久前，一位相識多年的老朋友陷入了經營危機，他開的是期貨公司，在過去十多年裡，他炒聚酯切片，炒三夾板，炒鋼材，在東亞一帶非常出名，效益最好的時候一天利潤就過億元。他性情豪放，出手闊綽，似乎以爲自己會永遠這樣好運。某次去香港，看中一個寫字樓，他一揮手就讓人買下了一層，過後竟很快就忘了這件事。後來，期貨牛市崩塌，他一夜間傾家蕩產，最後到了座車被人拉走、住房被人查封的淒慘地步。走投無路之時，半夜猛然想起，某次在香港好像買過一層樓，第二天忙去打探，果然還在自己的名下。僥倖之餘，他對我說：「還好我忘了曾經買過這層樓。」

新舊兩段事，交錯在一起，便有了此文的標題：《商業是一場有節制的遊戲》。

商業是一場怎樣的遊戲？

我曾經向N多個企業家詢問過這樣的問題，他們的表情大多都很不耐。

這是一個問題嗎？商業難道不是一場適者生存的搏命遊戲？

一場偉大的愛情，並不需要一個美滿的結局爲注腳，有時候甚至還相反。一位絕世的武士可能死於一場宵小之輩的陰謀，但這並不妨礙他英名永存。即便是一位詩人和小說家，只要他們一生的某個時刻創作出了一首好詩或一部偉大的著作，他便可以站在那裡永久地受人敬仰。

可是當一位企業家卻好像沒有這樣的幸運。

企業家之成功，之被人記取和傳頌，只有一種可能，那就是：他所一手締造的企業仍然在創造奇蹟。企業家總是需要有一些看得見、可以被量化的物質和資料來證明自己的價值，這些物質和資料還必須每年保持一定的增長，甚至增長的速度應該比自己的同行要快，否則他就很難被視爲成功。

正是這種特徵，構成了企業家的職業性格：注重利益而不計後果，得理處絕不輕易饒人，勇於傾家一搏而不肯稍留後路。

特別是在中國，草根起家的企業家們從來不肯放過任何一個成長的機會，對激情和狂飆的癡迷讓中國在短短二十年內迅速崛起，而同樣也縱容出一代不知節度的財富群體。

「破釜沉舟」、「臥薪嘗膽」、「機不可失，時不再來」，隱含在這些成語中的血腥與決然構成了這代人共同的生命基因。

但是，商業眞的就是一場這樣的遊戲嗎？

也許，這還眞的是一個問題。李嘉誠創業於一九五〇年，大半世紀以來，他的同輩人大半凋零，只有和黃事業綿延壯大，在被問及常青之道時，這位華人首富說：「我經常反思自問，我有什麼心願？我有宏偉的夢想，但我懂不懂什麼是有節制的熱情？」

商業是一場總是可以被量化的智力遊戲，不錯。

商業是一場與自己的欲望進行搏鬥的精神遊戲，也不錯。

但歸根到底，商業是一場有節制的遊戲。

美國開國元勳班傑明．富蘭克林在他的自傳中，曾經用十三個美德來描述「完美的人格」，而其中第一個便是「節制」。他的原話是這樣的：「食不過飽，飲不過量。」節制能使人頭腦清醒、思維敏捷、提升效率。

如果從商業的角度來說，節制是有限責任的同義詞，是有序競爭和優質化生存的必需，是社會與產業可持續發展的前提，是商業利益與社會責任的均衡。

一九八四年，當時還在王安實驗室工作、後來入主思科的錢伯斯向一位日本企業家求教競爭之道，日本人說：「我們目標中的市場佔有率，不是８０％，也不是９０％，而是１００％。」錢伯斯在很多年後說，這種極端排他性的、非我莫屬的戰略思想讓日本崛起，也讓日本停滯。

有一年去西班牙旅行，遇到一位叫卡爾沃的先生。他所在的埃爾切市曾火燒溫州鞋，引發出一場國際反傾銷風波。他受西班牙鞋業工會的委託，專門赴溫州對當地的鞋廠進行一次實地調研。他問我：「你們的皮鞋，用的是跟我們一樣的牛皮，一樣的生產線，一樣的工人，爲什麼價格一定要是我們的十分之一呢？」

我不太好回答這個問題。

我們的資源是無窮盡的？我們的環境保護差一點沒有關係？我們的工人就是比你們便宜？我們就是要用低價戰略把你們趕盡殺絕？

我突然很想知道，那個站在錢伯斯面前趾高氣揚的日本企業家如今身在哪裡。

# 你唯一需要保全的財產

**在熊熊烈焰中，你需要冒著生命危險搶出來的唯一財產，不是椅子、電器或帳本，而是你的信用。**

二〇〇五年，我去天津尋訪孫宏斌，那時，他是中國企業界新晉的「最大失敗者」。

孫宏斌於一九九四年創辦順馳。二〇〇二年之後的兩年裡，順馳由一家天津地方房產公司向全國擴張，成爲房地產界最彪悍的黑馬，氣勢壓倒萬科。然而，在二〇〇四年二季度的宏觀調控中，順馳遭遇資金危機，孫宏斌被迫將股份出讓給香港路基，構成當年度最轟動的敗局新聞。

一開始，孫宏斌答應接受我的約訪，然而在最後一刻，他派出了一位老同學接待我：「什麼都可以問，我都會如實答，不過巨集斌不願意出來。」在一周的時間裡，我先後訪談了地方政府官員、銀行、媒體記者以及順馳的幾位高管，漸漸把成敗脈絡摸索清楚了，就在這個過程中，我突然有一種預感：孫宏斌還可能重新站起來。

預感基於這樣一個事實：在企業即將崩盤的前夕，孫宏斌很好地維護了與當地政府的關係，解決了與銀行的債務問題，對那些遣散的員工也儘量妥善安排。也就是說，在最困難的時候，孫宏斌唯一竭力保全的資產是信用。

孫宏斌是一個個性極度張狂和偏執的人，順馳的失敗在很大程度上與他的這一秉性有關，可是，他恰恰又是一個重視個人信用的人。

所以，在寫作順馳案時，我最後謹慎地添上了這麼一段話：「這位在而立之年就經歷了奇特厄運的企業家，在四十不惑到來的時候再度陷入痛苦的冬眠。不過，他只是被擊倒，但並沒有出局，他也許還擁有一個更讓人驚奇的明天。」有趣的是，這段文字居然靈驗，孫巨集斌隨後創辦融創，在二〇〇九年的那撥大行情中順風而起，並在二〇一〇年十月赴香港上市。

後來在課堂上，有同學好奇地問我：你是怎麼看到孫宏斌可能復起的？

我說，因爲我看到，當順馳作爲一個企業組織難以爲繼的時候，孫宏斌作爲一個企業家的信用並沒有同時破產。對一個創業者而言，最重要的、賴以安身立命的根本，不是產品，不是技術，不是人才，甚至不是資金，不是所有看得見的資源，而是最為無形的——信用。只要一個人的信用沒有破產，那麼，他在商業世界裡便還有立足和翻盤的可能。因為，人們還願意給你機會。商業，其實就是一個與機會有關的遊戲。

在逐利的商業世界裡，失敗者往往是不容易被再次接受的，所以，有可能重新站起來的人少而又少。而那些極少數者之所以能夠捲土重來，最大的原因是，當他們的物質王國崩塌的時候，他們的個人信用卻被頑強地保全了下來。

在企業史上，有另外幾個人的故事可以互為參照。

與孫宏斌的經歷頗為近似的，是巨人的史玉柱。他倒在一九九八年的那次經濟危機之中，企業同樣亡於資金斷裂。史玉柱倉皇北上，躲到江蘇的一個小縣城裡重新創業，而他一直耿耿於懷的，是如何還掉在珠海欠下的那筆債。幾年後，他因腦白金的熱銷重新站起，賺錢後的第一件事便是刊登廣告，尋找當年的債主們。在過去的這些年裡，儘管史先生的行銷手法讓很多人頗為厭惡和不齒，但是就商業運營而言，他確乎是一個「信用不錯的人」。

與孫、史兩人相映成對照的，是無錫尚德的施正榮。

施先生是一位很有造詣的留澳光伏博士，二〇〇一年回家鄉無錫創辦尚德電力，當地政府給予了資金、土地和稅收等全面的大力扶持，尚德一度成爲全球最大太陽能電池板生產商，施正榮也當過「中國首富」，風光一時無二。可是到了二〇〇八年，受全球金融危機影響，光伏產業遭遇寒流，尚德處境非常艱難，市值蒸發上百億元。然而就在如此危急時刻，施先生率先逃離火線，他拒絕與地方政府合作拯救尚德，更通過自己控制的個人公司掏空上市公司資產。到二〇一三年，尚德宣佈破產，無錫市政府被迫以極大的代價接下一個爛攤子。我去無錫調研時，人人恥談施博士。

有報導稱，今天的施正榮仍然是一位身價超過十億美元的「隱形富豪」。不過，可以肯定的是，他的企業家信用已然徹底破產了，在他的有生之年，恐怕很難在中國市場上再做成一單生意。

創業是一個倖存者的遊戲。所有的創業者都可能面臨滅頂之災。這就如同一幢房子，很可能會突然著火，在熊熊烈焰中，你需要冒著生命危險搶出來的唯一財產，不是椅子、電器或帳本，而是你的信用。

# 蒼狼終將消失

「只有懂得生活文明的人類，用更文明的手段、更有文化的思考、更具有歷史觀的企業經營模式，才有條件繼續生存下來。」

——李焜耀

有一年，臺灣明基的董事長李焜耀去土耳其。那邊的人告訴他，他們與中國是有血緣關係的，而有些當地的朋友，他們的姓就眞的叫「窩闊臺」、「察哈臺」等等，他們就是蒙古人的後裔。在歷史上，有著草原蒼狼性格的蒙古人，帶著他們的鐵騎橫掃歐亞大陸，在元朝時，因爲追逐擴張草原勢力，逐步遷徙到土耳其來。但這些原本是追逐水草的遊牧民族後裔，在土耳其落地生根之後，逐漸適應農耕民族的生活方式。而到了現代，土耳其人不再逐水草而居，而是更積極地融入全球文明體制中。他們尋求加入歐盟的機會，尋求一個與現代文明緊密結合的生活方式。

李焜耀從這個例子中得出的感慨是：蒙古人的例子，眞的可以讓我們思考，那種遊牧式的產業形態，對臺灣製造業究竟是利是弊？將怎樣影響長期的生存？又能爲臺灣社會留下什麼？臺灣現在的產業主流價值已被嚴重扭曲，大家看到的都是成功以後的故事，去讚揚，甚至效法這些蒼狼式、遊牧式的經營模式。但大家不知道，或者刻意忽略的是，在這些成功故事背後，可能用了多少社會資源，與多少不盡合理、不一定合法、不見得合情的手段。如果這樣的成功被大肆歌頌或稱道，而沒有托出背後的完整面貌，並探討這種營運模式的利弊影響，這對社會是不公平的。

對於大陸的讀者來說，讀這樣的文字一點也不會陌生。跟臺灣的產業界相比，大陸的浮躁與蒼狼化態勢只能說有過之而無不及，甚至，那種「狼的文化」現在正成爲商業思想的主流。

「中國的機會太多，以至於很難有中國的企業家專注於某個領域，並在該領域作出卓越的成績。」說這句話的是亞洲最好的戰略家、日本人大前研一，二十年前他是「中國崩盤論」的提出者，可是在飛臨中國第五十次以後，他現在成了中國經濟繁榮論的最積極的鼓吹者。不過，他對中國公司的觀察卻仍然喜憂參半：「我認為中國人有點急躁。」大前研一舉例說，他曾在一間中國書店看到一本《西方百部管理經典》，竟然濃縮在二百頁的篇幅。「只想閱讀管理書籍的摘要，只想在五年之內就趕上日本花了五十年所學的，這正是中國打算做的。可是，管理是一個連續回饋的過程，如果你只是這樣『濃縮』地學習，然後匆匆忙忙地採取行動，或者是讓其他人來對組織進行改造，這簡直就像個『人造的孩子』。」

急躁、功利、兇猛決然、見到獵物就上、從不顧及生態，這種「狼文化」據說正被很多企業家奉為「圖騰」。在過去的很多年裡，我們目睹了太多的血腥傳奇，我們看到太多的公司一夜崛起，攻城掠地好不痛快，所謂的商業道德、公共責任都成為利益的「祭品」。我們看到太多的產業在最短的時間裡被砍殺成一片焦土，以狼為榮的企業家們正把任何一個可能的領域都變成價格戰的「紅海」。中國和地球都實在太大了，殺遍東南沿海，還可馳往內陸腹地，砍盡華夏大地，又可遠征南洋彼岸。似乎總是有消耗不光的物資能源、開拓不完的市場疆域、剝削不盡的低廉勞工。

當尖刻的郎咸平教授把中國高科技企業戲稱為「科幻公司」的時候，我們其實並沒有開始認真地反省。這些年來，我們曾經「創造」和「發明」過多少蠱惑人心的高科技概念，可是直到今天，我們甚至不能完整地掌握一台冰箱或彩電的所有零配件技術，即使是技術含量極爲低下的微波爐，我們也只能實現99%的國產化，那剩下的1%已成爲中國企業界的恥辱。

與產業的遊牧化相比，一個更可惡也更可怕的現象是，一場「洗腦運動」正席捲中國商業界。「不問任何理由地執行」、「只關注自己崗位的細節」、「像狼一樣地爲公司攫取利益」，對這些理念的推崇，正讓中國公司陷入空前的功利誤區，在很多著名企業的公司文化中，充斥著僞善、輕浮和言不由衷。可以說，自二千年以來，一種奴役式、痲痺式的洗腦文化正籠罩著中國公司，企業家們更希望用這種文化來改造所有的員工。

我不知道衆狼橫行的時代什麼時候會走到它的悲涼盡頭。李焜耀在不久前的一篇文章中寫道：「蒼狼最終在歷史上的下場都是會消失的，因爲草原總有被吃盡的一天。最後生存下來的會是什麼呢？我幾乎可以肯定地說，不會有狼，只有懂得生活文明的人類，用更文明的手段、更有文化的思考、更具有歷史觀的企業經營模式，才有條件繼續生存下來。」

此言鑿鑿，可以銘石，立在這個商業年代的某些顯眼角落。

# 春節的醬鴨

他在二〇〇八年發起幹了一件那麼漂亮的事，它很平凡，很渺小，對世事的改變也很緩慢，但眞是這個國家少有的美好事物之一。

在過去的四五年裡，每到春節前後，家裡總會收到一隻寄自四川的大包裹，裡面滿滿的都是臘腸、醬鴨及曬乾的花生。寄件人叫周開洪，是四川安縣黃土鎭方碑村農民。

方碑村地屬綿陽，在二〇〇八年的「五．一二」大地震中，全村95%的房屋毀滅性倒塌，十三人死亡，一百九十名學生無處上課。在災後重建中，我的師友、時任上海交通大學安泰經濟管理學院副院長的何志毅教授自告奮勇，決意用「教授的辦法」幫助方碑村農民。在近半年時間裡，他十餘次趕赴方碑村，在那裡前後調研數月，拿出了一份「一幫一」災後鄉村家園重建計畫。

何志毅的這個重建計畫不是簡單的慈善捐款活動，它是一個經過仔細設計的、帶有強烈學術特徵的援助方案。它的核心內容是：發動一個城市家庭以一萬至二萬元的無息借款，幫助一戶受災家庭重建倒塌的房屋，受助家庭在五年內逐年還清這筆借款。出借人、借款人需簽訂借款協議，而方碑村的村委會則作為協力廠商擔保。根據協定，借款農民必須承諾專款專用於災後房屋重建，在借款時自願將自家的宅基地土地使用證和新建房屋房產證抵押給村委會，如果不能按時還款，願意把自家的可耕田地全部上交村委會管理，直到還清借款。此外，村民之間還簽訂了「五戶聯保」的約定。

何教授設計的這個協議，跟二〇〇六年諾貝爾和平獎獲得者穆罕默德・尤努斯在孟加拉搞鄉村銀行的制度設計有異曲同工之處。他的「五戶聯保」約定直接來自於尤努斯的啓發。鄉村銀行就是讓窮人結成五人小組進行貸款，利用一層層的信任——鄰里親朋的信任、銀行對窮人的信任——提高還貸率。「一幫一」重建計畫不僅僅是簡單的扶貧，而是立足於重造農民的生產自救能力，建立城市借貸者與鄉村承借者的經濟契約關係，並通過建立鄉村信用的方式來維持其可行性。他在方碑村調研時發現，雖然村民受了災，但他們都是有自尊的人，他們更能接受「借」，而非「給」。何教授對我說：「那些願意借款的城裡人大概都不會想要把錢拿回去，所以，五年後，農民還回的錢將成爲方碑村的共同建設基金。」這眞是一個很天才的想法。

在中國的經濟學界，何教授一向以行動力出名，這一次的方碑村重建也完全有賴於他的奔忙與鼓動。他在自己主編的雜誌中刊登了一份懇請信，信中說：「我懇請我的朋友、我的學生、我演講的受衆、我的書和文章的讀者，懇請你們參加『一幫一』災後鄉村家園重建計畫的方碑村試點……我懇請你們，還因爲他們是中國最基層的人群，其實我們所有人的祖先都是農民，我們只是先進城了一步；還因爲，中國計畫經濟造成的城鄉二元結構至今仍未改變，其實我們城裡人在某種程度上都虧欠著農村人。有人說，農民借了錢不會還，我相信他們一定會還。如果有人不還，我可以替他還，但我相信這種情況不會發生。」

在大半年時間裡，跟何教授一起奔波此事的還有：南開大學的白長虹教授，北京大學的王立彥教授、張紅霞教授、王其文教授、張俊妮教授以及上海交通大學的顏世富教授。

而我則作爲何教授的前同事——我曾在他主掌北大企業案例研究中心時，受聘擔任過一段時間的中國企業史研究室主任，自然成爲他廣泛招攬的捐助人之一，我認捐二萬元，收到了一份紅色的聘書——這也許是我收到的最特殊、也最可驕傲的證書：方碑村的村民委員會聘請我爲榮譽村民。

二〇〇九年的一月二十二日，由這個計畫援建的首批永久性農房舉行了交付儀式，我帶著太太和女兒一起前往方碑村見證這一時刻。在教授們的努力下，有一百七十多人成爲方碑村重建計畫的借款者，受益農民二百一十五戶。

在方碑村，我第一次見到了對口援助的周開洪。他是一位一九六六年出生的農民，在大地震中，房子和農田被徹底摧毀，幸好家人無恙，但已一貧如洗。在政府幫助新建的臨時磚瓦房裡，僅一張破舊的四角方桌、兩床老棉被而已。他的兒子周強將在這年參加高考，但是一切的經濟來源已全部喪失。我太太當即答應，每年再捐助一萬元學雜費，直到周強學業結束爲止。老周是一個極其不善表達的人，講著一口難懂的綿陽方言。

後來的幾年裡，各人的生活如同方碑村前的那道江水，在自己的河床裡平靜地流淌著。

何志毅在綿陽招募了兩位年輕的志願者，聯絡方碑村和各位捐助人，每年通報重建和資金使用情況。到二〇一三年，「一幫一」重建計畫的還款日到期，１００%的方碑村農民按協議交還了借款，而１００%的捐助人又承諾將所有資金滾動投入於方碑村的新一輪鄉村建設。

精力旺盛、不肯消停的何志毅教授也離開了上海交大，他回到家鄉福建，在那裡平地起家，籌辦新華都商學院。他在二〇〇八年發起幹了一件那麼漂亮的事，它很平凡，很渺小，對世事的改變也很緩慢，但眞是這個國家少有的美好事物之一。

周開洪的新房子在自己的宅基地上建成了，他養豬、養鴨，在灘塗地上種花生，日子漸漸富足了起來。周強順利完成了四年的大學學業，輾轉在成都、長沙及貴陽一帶打工，有一年還把腿摔斷了，弄得大家一陣緊張，現在，小夥子是深圳一家科技公司在湖南和貴州的銷售代理。

從二〇一〇年起，每臨春節，老周就會往杭州寄土產，全是自家地裡種養的東西。他還用上了智能手機，二〇一四年秋天，我去四川講課，突然接到他的電話，還是那口難懂的綿陽方言，聲音很大卻聽不太清楚：「你啥時候再來方碑村看看呀，村口的大橋快要通車了。」

此刻，是二〇一五年二月十八日，很快就要過大年夜了。周開洪寄來的臘腸和醬鴨被掛在了陽臺上，又重又醜，卻讓人心生溫暖。

# 島上楊梅初長成

一個區域的自然生態環境遭到破壞，還有可能通過科技和保護的手段使之得到恢復，而人文生態的敗壞則可能需要一代乃至兩代人的更替才會修復。

初夏，島上的楊梅第一次有收成。累累的果實掛在繁茂的樹上，煞是喜人，摘下來吃一顆，酸酸甜甜的到了心裡。不過在外形上，楊梅的個頭比較小，也不是特別的紫。立即就有楊梅行家指點我一種「新技術」：福建一帶的楊梅，都在噴灑一種農藥，可以讓楊梅早熟，而且個大發紫。

問：會有副作用嗎？

答：絕對吃不死人，但絕對能賣出好價錢。

那種楊梅我嘗過，個頭比較大，紫得讓人垂涎，不過就是不夠甜，沒有楊梅應有的新鮮味。說白了，那是一種「造假科技」。

關於這種農產品造假科技，我還收集到很多：給陳大米拋光塗上工業油，能賣個新米的好價錢；荔枝要保持看上去新鮮，可以用硫酸泡一泡；往油條裡摻入洗衣粉，可以少用麵粉而使油條炸得肥大好看又好賣；豬飼料裡摻上瘦肉精，豬可以長得快而且瘦肉多；在質次的漚黃米米粉中摻入有毒的甲醛次硫酸鈉，可以做成潔白晶亮的「上等」米粉；用工業酒精兌上水，當白酒賣，簡便又賺錢；在麵粉裡摻上廉價的滑石粉，既增加了分量，又使麵粉雪白好看又好賣；給獼猴桃施「膨大劑」使其增大，價格翻番；用硫黃可以把陳年的白木耳熏得更白；用化學添加劑可以把劣質茶葉炒出頂級毛峰的效果來，經濟效益陡增十幾倍；撒泡尿把桃、杏泡上，個沉又漂亮，價錢自然就上去了……

據我的瞭解，這些「技術」正普遍地應用於很多的農產品集散地，往往是一個區域的農民集體參與到這種製假造劣的活動中。所有的人都清楚地知道，他們的做法將產生怎樣的後果，將給社會和消費者帶來怎樣的傷害，但是，出於利益上的需要，每個人都將最起碼的道德制約拋之腦後。某些基層政府甚至成爲這種集團犯案的保護傘和牟利共犯。在過去的幾年裡，發生在全國各地的僞劣產品製造已經到了令人髮指的地步，幾乎所有的日常食品都曾經遭遇「毒事件」，從阜陽奶粉殺人事件到福建蟹餵食避孕藥，再到「毒大米」、「有毒龍口粉絲」、「有毒四川泡菜」、「有毒廣州白酒」，以及僞劣月餅、火腿、瓜子、鹽、黃酒、醬油、速食麵和蘑菇，不一而足。你幾乎找不到一種沒有被惡性染指過的「乾淨的食品」。

在中國農民的傳統倫理思維中，對糧食——包括所有農作果實的珍視是所有道德的起源。但是，當一些農民爲了把價格賣高一點，開始麻木地把有毒物質倒進自己耕作出來的大米的時候，我們已經無法迴避「鄉村商業生態敗壞」這個事實了。也許，在史學家的眼中，這是一個前所未見的可怕事實。

我有時候眞的很爲這個時代擔憂。當個人致富成爲一個時代和區域唯一的道德指標的時候，社會道德基礎的敗壞便很難避免，特別是在公共教育本來就非常滯後的廣大農村地區，其不擇手段的致富方式漸漸衍變成一場「法不責衆」的低劣遊戲。

我調研過的、最匪夷所思的鄉村經濟案件，發生在溫州最貧窮的一個縣。二十世紀九〇年代初，當地農民向全國各地的國營企業投遞信函，訂購各種各樣的二手機械設備，這些設備到了泰順後，當即被就地倒賣。然後，那些農民就去報紙上用假名刊登死亡訃告，等那些外地企業追上門來討債的時候，就有人哭喪著臉把訃告拿給他們看：人都死了，向誰催債？就這樣，一個村莊的農民全部參與了這場很詭異的詐騙遊戲，當地還因此形成了浙南最大的二手機械設備交易市場。

記得在那次調研中，我曾經問過當地的一位鄉鎮幹部：你們知道這種行爲是犯法和不道德的嗎？那個幹練的鄉長指著身後一幢幢正在建造中的農民新房，堅定地對我說：「我覺得，天底下最大的道德，就是讓我貧困的家鄉富裕起來。」我不知道怎樣回答他。那一刻，我突然對商業社會中某些很堅硬的價值觀產生了懷疑。

「銅錢滾至，純樸盡失」，這眞的是無法規避的宿命嗎？要知道，一個區域的自然生態環境遭到破壞，還有可能通過科技和保護的手段使之得到恢復，而人文生態的敗壞則可能需要一代乃至兩代人的更替才會修復。這些年，行走在廣袤的中國鄉村，目睹一塊塊稻田消失，一個個工廠立起，一條條河流渾濁，一棟棟新房建起，一道道目光日趨冷漠，我常常會迷失在關於中國鄉村未來的思考中。這眞的已經不再是唐詩宋詞中的那個鄉村了，也不再是費孝通筆下的那個鄉村了，更不是毛澤東理想中的那個鄉村了，它日日激變，非常的陌生，而且充滿了種種不確定性。

島上楊梅初長成。在隨風沙沙作響的楊梅樹旁，聽農事專家向我介紹讓楊梅發紫的「新技術」，我是一個好奇而驚恐的新農民。

# 去日本買只馬桶蓋

**世上本無夕陽的產業，而只有夕陽的企業和夕陽的人。由量的擴展到質的突圍，正是中國製造的最後一公里。**

今年藍獅子的高管年會飛去日本沖繩島開，我因爲參加京東年會晚飛了一天，飛機剛落在那霸機場，看朋友圈裡已經是一派火爆的購物氣象：小夥伴們在免稅商場玩瘋了，有人一口氣買了六只電飯煲！

到日本旅遊，順手抱一只電飯煲回來，已是流行了一陣子的「時尚」了，前些年在東京的秋葉原，滿大街都是拎著電飯煲的中國遊客。我一度對此頗爲不解：「日本的電飯煲眞的有那麼神奇嗎？」就在一個多月前，我去廣東美的講課，順便參觀了美的產品館，它是全國最大的電飯煲製造商，我向陪同的張工程師請教了這個疑問。

工程師遲疑了幾秒鐘，然後實誠地告訴我，日本電飯煲的內膽在材料上有很大的創新，煮出來的米飯粒粒晶瑩，不會黏糊，眞的不錯，「有時候我們去日本，領導也會悄悄地讓我們拎一兩只回來」。

「我們在材質上解決不了這個問題？」

「現在還沒有找到辦法。」

美的創辦於一九八一年，從一九九三年開始生產電飯煲，它與日本三洋合作，引進模糊邏輯電腦電飯煲專案，逐漸成爲國內市場的領先者。近些年來，隨著市場占比的反轉，競合關係發生微妙改變，日本公司對中國企業的技術輸出變得越來越謹愼，「很多擁有新技術的家電產品，不但技術對中國企業封鎖，甚至連產品也不外銷，比如電飯煲就是這樣」。

也就是說，很多年來，「中國製造」所推行的、用「市場換技術」的後發戰略已經失效了。

這樣的事情並不僅僅發生在電飯煲上，從這些天藍獅子高管們的購物清單上就可以看出冰山下的事實——

很多人買了吹風機，據說採用了納米水離子技術，有女生當場做吹頭髮試驗，「吹過的半邊頭髮果然蓬鬆順滑，與往常不一樣」。

很多人買了陶瓷菜刀，據說耐磨度是普通鋼的六十倍。「切肉切菜那叫一個爽，用不到以前一半的力氣，輕鬆就可以把東西切得整整齊齊了。」

很多人買了保溫杯，不銹鋼真空雙層保溫，杯膽超鏡面電解加工，不容易附著污垢，杯蓋有LOCK安全鎖扣，使密封效果更佳，這家企業做保溫杯快有一百年的歷史了。

很多人買了電動牙刷，最新的一款採用了LED超聲波技術，重量比德國的布朗輕一半，刷毛更柔順，適合亞洲人口腔使用……

最讓我吃驚的是，居然還有三個人買回了五只馬桶蓋。

這款馬桶蓋一點也不便宜，售價在二千元人民幣左右，它有抗菌、可沖洗和座圈瞬間加熱等功能，最大的「痛點」是，它適合在所有款式的馬桶上安裝使用，免稅店的日本營業員用難掩喜悅的神情和拗口的漢語說：「只要有中國遊客團來，每天都會賣斷貨。」

沖繩的那霸機場，小且精緻，規模相當於國內中等地級市的機場，藍獅子購物團的三十多號人湧進去，頓時人聲鼎沸。不多時，在並不寬敞的候機大廳裡，便滿滿當當地堆起小山般的貨品紙箱，機場的地勤人員大概已然習慣，始終面帶笑容、有條不紊，這樣的場景大抵可以被看成是「安倍經濟學」的勝利，也是「日本製造」的一次小規模逆襲。

過去二十多年裡，我一直在製造界行走，我的企業家朋友中大半爲製造業者，我眼睜睜地看他們「囂張」了二十年，而今卻終於陷入前所未見的痛苦和彷徨。

痛苦之一，是成本優勢的喪失。

「中國製造」所獲得的成就，無論是國內市場還是國際市場，就其核心武器只有一項，那便是成本優勢，我們擁有土地、人力、稅收等優勢，且對環境保護無須承擔任何責任，因此形成了製造成本上的巨大優勢。可如今，隨著各項成本的抬升，性價比優勢已薄如刀片。

痛苦之二，是管道優勢的瓦解。

很多年來，本土企業發揮無所不用其極的行銷本領，在遼闊的疆域內構築了多層級的、金字塔式的銷售網路。可如今，阿里巴巴、京東等電子商務平臺把資訊流和物流全數再造，管道被徹底踩平，昔日的「行銷金字塔」在一夜間灰飛煙滅。

痛苦之三，是「不變等死，變則找死」的轉型恐懼。

「轉型升級」的危機警報，已在製造業拉響了很多年，然而，絕大多數的局中人都束手無策。近年來，一些金光閃閃的概念又如小飛俠般地憑空而降，如智慧硬體、3D列印、機器人，還有什麼「第四次工業革命」，這些新名詞更讓幾乎所有五〇後、六〇後企業家半懂不懂、面如死灰。

若以這樣的邏輯推演下去，一代製造業者實已踏在萬劫不復的深淵邊緣。

可是，站在那霸機場的候機大廳，面對小山般、正在打包托運的貨箱，我卻有了別樣的體會。

其實，製造業有一個非常樸素的哲學，那就是：

做電飯煲的，你能不能讓煮出來的米飯粒粒晶瑩不粘鍋；

做電吹風的，你能不能讓頭髮吹得乾爽柔滑；

做菜刀的，你能不能讓每一個主婦手起刀落，輕鬆省力；

做保溫杯的，你能不能讓每一個出行者在雪地中喝到一口熱水；

做馬桶蓋的，你能不能讓所有的屁股都潔淨似玉，如沐春風……

從電飯煲到馬桶蓋，都歸屬於所謂的傳統產業，但它們是否「日薄西山」、無利可圖，完全取決於技術和理念的創新。在這個意義上，世上本無夕陽的產業，而只有夕陽的企業和夕陽的人。

陷入困境的製造業者，與其求助於外，到陌生的戰場上亂碰運氣，倒不如自求突破，在熟悉的本業裡，咬碎牙根，力求技術上的銳度創新。由量的擴展到質的突圍，正是中國製造的最後一公里。

我的這些在沖繩免稅店裡瘋狂購物的、年輕的藍獅子同事們，大概都算是中國當今的中產階層，是理性消費的中堅，他們很難被忽悠，也不容易被廣告打動，他們當然喜歡價廉物美的商品，不過他們同時更是「性能偏好者」，是一群願意爲新技術和新體驗埋單的人。這一類型消費者的集體出現，實則是製造業轉型升級的轉捩點。

「中國製造」的明天，並不在他處，而僅僅在於——能否做出打動人心的產品，讓我們的中產家庭不必越洋去買馬桶蓋。

# 拒絕轉型的瑞士鐘錶匠

所謂的商業之美，就其本質而言，是人們對自然與物質的一種敬畏，並在這一敬畏之上，以自己的匠心爲供奉，投注一生。

侏羅山谷在瑞士西南部，毗鄰法國普羅旺斯地區，人類學家在此地發現過恐龍化石，因此將這一階段稱爲侏羅紀。十七世紀初，蘇黎世等城市的鐘錶匠避難於此，因而漸漸成爲歐洲最著名的錶匠聚集地，竟而構成一種「血統」。二〇一四年四月，我受邀到瑞士巴塞爾（尼采在這裡的大學當過教授）參加第六十二屆鐘錶展，之後專門到侏羅山谷去「朝聖」。

侏羅山谷呈狹長狀，寬僅數百米，長十餘公里，內有一個雪山大湖，坡頂小屋遍佈四野，一眼望去，是一個完全不起眼的瑞士村莊。出生於侏羅山谷的青年人有九成以上加入鐘錶學校學習技藝。鐘錶的工種有四十多個分工，漸漸地形成一個製造生態。當今的世界級豪錶中，愛彼、寶珀、寶璣以及江詩丹唐等都在此地設有工廠，超過一半的豪錶機芯出產於此。

瑞士是一個山地小國，幾無任何獨有的礦產資源，卻成為全球最富有的國家，其國民性格自然是原因之一。在歐洲諸族中，瑞士人以固執死磕出名。中世紀時，瑞士人貧窮潦倒靠當雇傭兵謀生。一五二七年五月六日，德國和西班牙軍隊進攻羅馬教廷，守衛教皇的各國雇傭兵全都鳥獸散了，只有瑞士人留下拼死護衛聖彼得大教堂，一百八十九人僅有四十二人生還，後來梵蒂岡教皇只保留一支私人武裝，那就是著名的瑞士侍衛隊。自此，瑞士人以忠誠和專注聞名。這兩個國民性格也強烈地滲透到商業領域，瑞士的銀行業和鐘錶業獨步天下，應該得益於此。

鐘錶業是前工業革命時期最為精密的手工業，無任何自然資源的瑞士人在這一巴掌大的天地裡死磕硬磨，硬是開出一片自己的江山。十九世紀中葉至二十世紀初是瑞士高檔鐘錶業的黃金時代，蕭邦、伯爵、百達翡麗、愛彼、名士、勞力士、茨尼特等一批耀眼的品牌相繼創業奠基，構成瑞士高檔鐘錶生產的主力。這一次到巴塞爾和侏羅山谷，引起我極大興趣的，除了瑞士錶的精湛工藝，更有一個頗可以拿到商學院課堂上去分享的故事：在過去的三十年裡，瑞士錶是如何抗擊了日本錶的衝擊。

二十世紀七○年代，同樣以固執死磕、忠誠專注著稱的日本人發明了石英手錶，它以超級的廉價和輕便優勢，對傳統的機械錶構成致命的打擊。在短短的六七年裡，瑞士鐘錶遭遇了一場滅頂之災，其產量在全球的比例從４５％陡降到１５％。一度，有上千家手錶工廠倒閉，超過十萬名鐘錶工人失業，這對於只有七百萬人口的瑞士來說實在難以承受，幾乎所有的人都認爲瑞士手錶——特別是機械錶的末日已經降臨。

然而，在經歷了二十多年的艱難轉型之後，瑞士手錶居然奇蹟般地走出了低谷，甚至迎來了前所未有的新繁榮時刻。在當今的世界級豪錶名單上，幾乎清一色是瑞士人的天下。這正是我此次瑞士之行試圖揭開的謎團。

簡單歸納，瑞士人做到了三點。

其一，拒絕轉型，專注升級，堅持製造手工機械錶。

二十多年裡，瑞士鐘錶工廠偏執於機械錶的功能升級創新，開發出諸多極其複雜的工藝，譬如升級版的陀飛輪、卡羅素、萬年曆、月相、兩地分時，甚至專門爲中國市場開發出了中華月曆錶。在琺瑯工藝、深潛防水、金屬表面處理等方面，瑞士人利用當代最先進的新材料進行了革命性的創新。在機芯工廠（Manufacture）裡，我們看到很多獨有的模具。據介紹，它們都是當地工匠自主研發而成的，每一個模具的價值約為三萬到二十萬瑞士法郎。機芯工廠擁有超過十萬架模具，這在無形中構成了一道長長的「技術護城河」，讓其他國家的鐘錶工廠望塵莫及。瑞士機械錶的精密度越來越高，在寶珀公司，有一款名為「一七三五」的機械錶，內有七百四十四個零件，最小的細如毫髮，一位頂級錶匠全心投入，一年只能製造出兩只。

其二，強勢資本併購，形成超大型鐘錶集團。

隨著數以千計的中小型錶廠的破產，瑞士人展開了大規模的同業併購。一九八三年，瑞士鐘錶工業公司（ASUAG）和瑞士鐘錶總公司（SSIH）率先合併，並於一九九八年易名為斯沃琪集團（Swatch Group），旗下擁有歐米茄、雷達、浪琴、天梭、卡文克萊、雪鐵納、美度、哈米爾通、皮巴曼、斯沃琪等手錶品牌，同時擁有自己的裝配系統生產企業、鐘錶機芯生產企業以及紐扣電池廠等多家配套生產企業，迄今已成為當今世界最大的鐘錶工業集團。

此次邀請我赴瑞士考察的寶珀公司誕生於一七三五年，是瑞士最早註冊品牌的機械錶。它也是在一九八三年正式併入瑞士鐘錶總公司的。到二〇一〇年，斯沃琪集團將侏羅山谷裡最大、也是最先進的機芯工廠FP更名為寶珀機芯工廠（Manufacture Blancpain），歸於寶珀旗下，由此讓這一古老品牌形成了新的核心競爭優勢。

到今天，瑞士形成了斯沃琪、勞力士、Vendome三大鐘錶集團，控制全球八成的豪錶品牌和生產能力。

其三，實施全球化品牌戰略，引領世界奢侈品消費浪潮。

從二十世紀七〇年代到八〇年代，在美國和日本的強力壓迫之下，歐洲製造業在成本控制和效率提升兩方面幾乎完敗，以至於衆多行業分崩瓦解，相反，一些傳統行業，譬如服裝、鐘錶、化妝品等則守正出奇，以文化爲背靠，蹚出一條高附加値的品牌行銷之路。九〇年代之後，這些老枝新發的品牌進一步開拓全球市場，特別是徹底地啓動了中東和東亞市場。在鐘錶領域，我們目前所熟知的豪錶品牌幾乎都是這一輪全球化行銷的結果。那些跟上了潮流的，煥然一新；那些固守於既往的，則銷聲匿跡。

瑞士手錶這一段絕地復活的歷程，頗可以爲當今中國製造業所借鑒。

行走於侏羅山谷，在寂靜的機芯工廠參觀考察，屋內是一個個坐在特製高桌前埋頭打磨的工匠，窗外是幾百年風景不變的瑞士高山草甸，而從這個偏僻村莊生產出來的手錶在不久後將被陳列在世界各地最昂貴的櫥櫃裡，穿戴在那些趾高氣揚的時尚人士的手腕上，聯想起這些，讓人有一種很奇特的穿越感。這種感覺，我在矽谷的那些簡潔明亮的咖啡館裡有過，在日本京都的那些低矮潔淨的器皿小店裡有過。所謂的商業之美，就其本質而言，是人們對自然與物質的一種敬畏，並在這一敬畏之上，以自己的匠心爲供奉，投注一生。

# 知道鹿晗的請舉手

鹿晗們的造星路徑，與以往的大眾偶像明星有很大的不同：首先，他們是社交運動的產物；其次，他們代表了圈層消費的興起。

一

二〇一四年十月底，我接到百度的電話，請我去領一個獎。

每年年底，他們會對各領域中的品牌和人物進行一次大資料搜索，做出一個「品牌數位資產排行榜」，根據「跑」出來的資料，我在財經作家一項中得了第一。十一月初，我趕到上海去參加頒獎盛典，到高鐵站來接我的是百度搜索市場部的小白，他一見到我，問我的第一句話是：「吳老師，你知道鹿晗嗎？」

我不知道。

小白是個八〇後，之前也不知道。

百度在對二〇一四年度「男星數字品牌資產」一項進行大資料計算的時候，根據數位內容量、關注度、參與度三大維度的綜合評估，鹿晗這個名字從數以千計的明星中脫穎而出，名列第一。

用小白的話說：「他是自己從大資料裡跑出來的。」

接下來讓小白和他的同事們吃驚的事情繼續發生，當百度在新浪微博公佈這個結果後，短短一周內，這條資訊的閱讀量居然高達一點二億條次。在北京舉辦的另一場頒獎盛典上，現場幾乎被上千名鹿晗粉絲「佔領」，門票被黑市炒到五千元一張。

## 二

「知道鹿晗的請舉手。」

十一月以後，鹿晗這個名字出現在我的講課ＰＰＴ裡。

來聽我課的基本上是企業家或青年創業者，年齡跨度從五〇後到八〇後，可謂是當今商業世界的主流勢力。

我會先放出鹿晗的照片，然後問現場的同學們，有沒有人認得他是誰。坦率地說，無論是五六十人的MBA課堂，還是一兩千人的大講壇，舉手的人從來沒有超過5％。而同時，在不同的小角落，則會發出年輕的驚呼和笑聲，這好像是一個「暗號」，瞬間達成了某種默契。

我接著會告訴大家一個戲劇性的比較：

在新浪微博上，演員姚晨是公認的、粉絲最多也是最活躍的「微博女王」，她的粉絲數多達七千七百一十萬。在二〇一四年，曾有人爆料她與前男友結交時的一些勁爆情事，當時，在她的微博下留言的評論達四十餘萬條，已是十分驚人的數字。

可是，就是這位絕大多數九〇後以前的人都不太熟悉的少年，在八月十九日發出的一條新浪微博，單條評論數達一千三百六十一萬條，創下金氏世界紀錄。在他的微博回帖中，超過五十萬條次的比比皆是。

這是一個正在發生的、非常有趣的事情：一種新的互聯網造星模式開始衝擊中國的娛樂經濟。

## 三

二月九日，我見到了這位讓我好奇的少年人。

去見鹿晗前，我還特地做了一番功課。

先是買了一本二〇一五年二月期的《ELLE》，上面有他的一個獨家封面專訪，接著去網易雲音樂下載了他的幾首歌曲，再是請百度搜索市場部把他們「跑」出來的大資料發我一份。

見面是在北京柏悅酒店。當鹿晗從我的身後突然「漂移」出現的時候，還是讓我有點小小的吃驚，他穿著一件藍灰色的夾克，頭上扣著一頂褐色棒球帽，下面是一張十分精緻的、東方少年的臉。

「太漂亮了。」這是我旁邊的一位九〇後小姑娘的第一聲驚歎。

鹿晗坐在我面前，就是一位乾乾淨淨的鄰家男孩。他顯得很有禮貌，這應該是韓國式禮儀教育的結果，在幾個小時的交流中，他對感興趣的事情會表現得很興奮，微張著嘴，像一塊純淨的海綿。

他出生於一九九〇年，是一個土生土長的北京人，父親是軍人，因此他的身上貌似也有一份英爽氣。他從小酷愛足球，踢前鋒，是曼聯隊的死忠粉，中學時率領年級球隊奪得學校足球比賽冠軍。二〇一〇年赴韓國讀大學，在馬路上被ＳＭ公司的星探發現，從此步入娛樂界。

二〇一二年，鹿晗出道，擔任偶像團體ＥＸＯ樂隊的主唱，迅速爆紅。二〇一四年，鹿晗與ＳＭ解約，歸國發展。上月，他參與主演的《重返二十歲》在國內院線公映。據確切的消息，幾天後，他還將出現在中央電視臺的春晚上。

從大資料的角度看，鹿晗不是一個獨立事件。在二〇一五年二月的男明星搜索指數排行榜上，排名第一的是熱門電視劇《何以笙簫默》的男主角鍾漢良，排名第二的是鹿晗，新婚不久的周杰倫則排在了第六。在年度人氣王的指數中，鹿晗排名第一，爲二點五九億，成名多年的楊冪則爲八千二百七十七萬。

## 四

鹿晗，以及九〇後明星的集體躍起，是二〇一四年的一個公共文化現象。他們被稱爲「小鮮肉」，這是一個很歧義的互聯網名詞，與年輕、欲望、男色時代有關。

與他們有關的另外一個網路名詞是「二次元」，即他們的造型及行爲模式與動漫世界裡的虛擬人物絲絲相扣。

鹿晗們的躥紅，讓主流時尚界頗有點措手不及。

按往常的慣例，全球頂級的女性時尚雜誌不會選擇男星爲封面人物，然而，在二〇一五年的二月份，中國最重要的兩本女性時尚雜誌的封面，分別出現了兩張九〇後男星的面孔。《ＥＬＬＥ》選中的是鹿晗，《芭莎》選中的是吳亦凡。

「這眞的不是互相通氣，是不約而同！」芭莎發行人蘇芒一字一頓地對我說。二月九日，這位在時尚界浸淫了二十多年的「教母級女魔頭」，與我一起見鹿晗。

鹿晗們的造星路徑，與以往的大衆偶像明星有很大的不同，首先，他們是社交運動的產物。過往的明星製造路徑，基本上延續了演藝產品——大衆媒體關注——話題行銷的三部曲。可是鹿晗們則大大縮短了發酵的過程，他們首先是在社交媒體裡實現精準粉絲的聚集，而其管道則是貼吧、ＱＱ群、微信朋友圈、微博名人排行榜，等等。在形成了相當的粉絲群體後，再反向引爆於大衆媒體。這一路徑頗似幾年前的「小米模式」。在這一生態中，明星與粉絲達成了直接的溝通關係，原有的經紀、代理模式很可能被拋棄。

其次，他們代表了圈層消費的興起。

從表象上看，鹿晗們的流行與很多年前的小虎隊非常近似，可是，實質則有很大的差異。當年的小虎隊走的是大衆消費的路徑，一夜成名，舉國男女老幼皆知。而鹿晗們則較長時間發酵於特定的屬性人群中，即便在某一圈層中已儼然成「神」，可是圈層之外的人卻完全無感。

也就是說，鹿晗粉絲圈的內向性很強，族群特徵更鮮明，甚至與之前的「玉米」相比，更具有紀律性。明星能夠展現才藝的空間也變得空前的跨界多元，與此同時，其流行的生命周期將變窄，對其他圈層的滲透力則有待考驗，這應該是未來的互聯網明星或互聯網商品的基本特徵。

小眾消費、圈層經濟、跨界行銷，這些在電子商務領域已然耳熟能詳的名詞，顯然已經「入侵」到了娛樂時尚界，它們將可能再造娛樂產業鏈中的每一個環節。

## 五

告別鹿晗，看著他壓低帽檐，與中學同學「老高」一起消失在冬夜北京的薄霧中。

我問蘇芒，她正趕著要去參加好閨蜜章子怡的一個派對：「你怎麼看鹿晗？」

蘇芒說：「他們看上去很熟悉，但實際上很陌生。」

# 我爲什麼從來不炒股

中國股市的標配不是價值挖掘、技術創新、產業升級，而是「人民日報社論＋殼資源＋併購題材＋國企利益」。

二〇一四年十二月五日，滬深兩市的股票交易突破一萬億元天量。那天，我在上海出差，看到朋友圈裡如瀑布般的驚呼後，我到盥洗室洗了一把冷水臉，然後問鏡子裡的自己：你動心了？在確定答案是否定的之後，我打開電腦，寫下這篇文章的標題。

幾天後的十二月九日午後，當我正爲此文寫下最後幾段文字的時候，滬指暴跌5.43%，失守二千九百點，兩市交易量突破一點二萬億元。

在這種充滿了戲劇性的時刻，我的心裡既無僥倖，也無悲喜。因為，正如標題所示：我從來不炒股。

如果我說中國股市從誕生的第一天起就是「怪胎」，也許沒有人會反對。

上海和深圳的兩個交易所分別成立於一九九〇年年底。始創之初，制度構建十分粗鄙，幾乎沒有頂層設計，第一批上市的公司大多為華東及華南兩地的地方中小公司，滬市的所謂「老八股」中好幾家是註冊資本在五十萬元的區屬企業。一九九二年八月，深圳發生一百二十萬人爭購股票認購證事件，場面火爆失控，政府被衝，警車被砸，北京在失控中發現了一個「超級大油田」。兩個月後，證監會成立，股票發行權逐漸上收，至一九九七年，兩所劃歸證監會統一監管。在這一時期，決策層形成了一個非常詭異的戰略設計：中國資本市場應該為國有企業的脫困服務。大量陷入困境的國企「搓泥洗澡」，打扮成「白富美」的樣子被掛到了市場上，有一位叫張化橋的香港證券分析師甚至認為，當時的國企上市很少有不在財報上動手腳的。

那些「白富美」在財務報表上打扮得很漂亮了，但體制和制度幾無改變，掀開假面，當然不堪一睹，在上市數年之後，企業很快再度陷入泥潭，成為所謂的「殼資源」。這時候，在二級市場上就出現了狙擊手，他們被叫作「莊家」。莊家們通過低價收購未流通的「內部職工股」，成為這些企業的實際控制人，然後在二級市場上大興波瀾。一九九九年五月十九日，沉寂多年的股市突然井噴，構成「五一九行情」，一些從來名不見經傳的企業，如億安科技、銀廣廈、中天科技，等等，忽然日日狂漲，激蕩得人人心旌蕩漾，在它們的背後則是莊家們的貪癡狂歡。

當時，莊家對股價的控制幾乎達到隨心所欲的地步，我在《大敗局2》中曾記錄這樣一個細節：二〇〇〇年二月十八日，當時第一大莊家、中科創業的實際控制人呂梁新婚大喜，他的操盤手們用「科學而精密」的手法控制股票起伏，硬是讓中科創業的收盤價恰好停在了七十二點八八元。操盤手們用自己的方式給老闆送上一份別人看來瞠目結舌的禮物。

及至二〇〇一年一月，經濟學家吳敬璉將中國股市直接比喻爲賭場，甚至認爲前者還不如後者有規矩：「賭場裡面也有規矩，比如你不能看別人的牌。而我們的股市裡，有些人可以看別人的牌，可以作弊，可以搞詐騙。坐莊、炒作、操縱股價可說是登峰造極。」吳敬璉進而揭示了中國股市的制度性缺陷：「由於管理層把股票市場定位於爲國有企業融資服務和向國有企業傾斜的融資工具，使獲得上市特權的公司得以靠高溢價發行，從流通股持有者手中圈錢，從而使股市變成了一個巨大的『尋租場』，因此必須否定『股市爲國企融資服務』的方針和『政府托市、企業圈錢』的做法。」

呂梁等第一代莊家折戟於二〇〇一年春季之後的一次股災，隨之出現了以德隆唐萬新等人為代表的第二代莊家，他們的手筆越來越大，高舉混業經營的旗幟，動輒以併購題材拉抬股價，靠高額民間吸資來構築資本平臺，用唐萬新自己的話說，「用毒藥化解毒藥」，最終在二〇〇四年的另一次股災中玉石俱焚。

在此後的歲月中，如呂梁、唐萬新這種招搖於檯面之上的著名莊家似乎減少了，但是，莊家文化確乎從來沒有消亡，他們開始隱身於各個證券營業所，以「地下敢死隊」的身份繼續戰鬥，而吳敬璉所總結的股市特徵似乎也並沒有得到根本性的改觀。

二〇〇七年前後，我曾在第一財經的《中國經營者》欄目當過一段時間的主持人，為了探尋上市公司的眞相，我特意選擇了五六家股價表現非常優異的公司作樣本調查——其中就包括前段時間爆出醜聞的獐子島。我到這些公司實地考察、訪談董事長、查閱公司業績及股價波動，結果得出了一個並不出乎我預料的結論：這些公司的業務波動，與它們的股價波動，幾乎沒有任何的對應關係。在一家公司，我問董事長：「為什麼你們的股價最近震盪很大？」他請攝像師把鏡頭關掉，然後很小聲而體己地對我說：「因為這幾天券商在換手，換手的成本價是十二元。吳先生，你可以在這附近進一點貨的。」

這就是我從來都不炒股的原因：

——這個股市從誕生的第一天起就是「怪胎」，它從來為國有企業——現在叫藍籌股服務，為國家的貨幣政策背書，紐約證券交易所的牆上寫著一句話：「保護小股東的利益就是保護了所有股東的利益。」此言在中國股市是一個錯誤。

——這個股市裡的企業從來沒有把股價視爲公司價值的晴雨表，因此，信奉巴菲特「價值投資」理論的人從來沒有在這裡賺到過一分錢。相反，它是「禿鷹們」的冒險樂園。米蘭·昆德拉曾經寫道：「事情總比你想像的複雜。」在中國股市發生的那些故事，謎底總比你想像的還要陰暗。

——這個股市的基本表現，不但與上市公司的基本表現沒有關係，甚至與中國宏觀經濟的基本表現也沒有關係，它是一個被行政權力嚴重操控的資本市場，它的標配不是價值挖掘、技術創新、產業升級，而是「人民日報社論＋殼資源＋併購題材＋國企利益」。

在二〇一四年四季度以來的這輪股市大波瀾中，上述特徵不但沒有得到改善，甚至有些股票的表現更證明了「劣幣」的能力，很難想像，一個正常的投資者可以在這樣的環境中作出理性的投資決策。羅伯特·希勒在《金融與好的社會》一書中這樣寫道：「金融應該幫助我們減少生活的隨機性，而不是添加隨機性。爲了使金融體系運轉得更好，我們需要進一步發展其內在邏輯，以及金融在獨立自由的人之間撮合交易的能力——這些交易能使大家生活得更好。」

我爲了讓自己生活得更好，不得不遠離充滿了隨機性的中國股市，然後，寫下這篇不合時宜的文章。

# 被泡沫毀壞的人生

**我們都是泡沫的製造者，我們也是泡沫的獲益者，同時，我們也可能是泡沫要毀滅的那個人生。**

今天說說泡沫。

什麼是泡沫？在日常生活中，你很容易回答。可是在商業界，這卻是一個沒有標準答案的問題。比如，當今中國的經濟有沒有泡沫？房價有泡沫嗎？股市有泡沫嗎？人民幣有泡沫嗎？高鐵建設有泡沫嗎？互聯網有泡沫嗎？

你可以說，莫非中國的經濟學家們都是一群「白癡」，連泡沫也整不清楚？他們眞是整不清楚。這不怪他們，因爲全世界的經濟學家都整不清楚。

比如當過美聯儲總裁的葛林斯潘，各位聽說過吧？他夠「老奸巨猾」的了，可是，連他也不知道什麼是泡沫。他說，泡沫不破滅就沒法知道那是泡沫。

比如上海的房價，從二〇〇〇年前後的五〇〇〇來元一平方米，漲到了三萬多一平方米，夠誇張的了。讀到這篇文字的白領朋友，你如果每月有二萬元收入，想買一套百來平方米的房子，恐怕每天只靠呼吸空氣就活下來，也起碼得存十五年的錢。一般的人，都說那是相當的「泡沫」了。

可是，也有「一般」的人不這麼認爲。他告訴你一個資料，在二〇〇〇年前後，中國的廣義貨幣總量M2，是十一萬億元左右，那麼，到二〇一五年的一月是多少呢？一百二十四萬億元。也就是說，現在的錢比十二年前多了整整十二倍，十五年前一塊錢的購買力相當於現在的十二塊多錢。你這麼一算突然發現，上海的房價上漲居然還趕不上廣義貨幣的增長！所以，如果房價有泡沫，那麼首先是貨幣的泡沫。

一九九〇年，我大學畢業，工資七十六元，當年M2爲一點五三萬億；二〇〇一年，我在杭州市中心購房，房價約三千五百元，當年M2爲十五點八萬億元。也就是說，如果，如今一個大學畢業生的工資爲四千四百七十元、杭州那套二手房漲到兩三萬元，那麼，我們剛剛與人民幣泡沫打了個平手。

你一個普通老百姓，有辦法制止貨幣的泡沫嗎？不能。

你能幹什麼呢？你能幹的就是，去購買一個泡沫，讓它與貨幣的泡沫同步變大。全中國最好的泡沫是什麼？正在讀這篇文章的讀者可以問一下自己，你炒股票虧過錢嗎？你投資工廠虧過錢嗎？你購買房子虧過錢嗎？虧損最少的那個東西，就是最沒有泡沫的。

再算一下未來的帳。中國的金融專家有一個共識——他們是怎麼達成這個共識的，是一個特複雜的問題，咱們今天不說它——他們認爲，要維持經濟的可持續發展，人民幣的供應量增長在10%~15%是合適的。而從今往後的十來年裡，中國的GDP很可能仍然將保持7%左右的增速。這意味著什麼呢？意味著每年的貨幣供應量增長是經濟增長的兩倍，貨幣貶值的長期趨勢是不可遏制的，而且似乎沒有人打算去遏制它。

如果未來十年裡人民幣的國內購買能力持續下降，每年貨幣增發10%左右，那就意味著每隔七點二年，人民幣就貶值爲現在的一半了。而如果你把錢存在銀行裡，每年就相當於貶值8%左右。所以，你必須要投資出去。可你投資什麼呢？

一個商品或一個產業，有沒有產生或成爲泡沫，是一件不容易判斷的事情。不過，有一條基本的判斷是存在的，那就是，這個投資品是否以眞實的需求爲基礎。

所以，老葛林斯潘是對的。中國的經濟有沒有泡沫，房價、股市以及高鐵建設有沒有泡沫，則基於這樣一個事實：如果它破滅了，那就是有泡沫；如果沒有破滅，那就沒有泡沫。

那麼，中國經濟會不會破滅，又該如何觀察呢？我認爲，有兩個「紅利」會讓泡沫不破滅，但是有一個危機會讓泡沫破滅。

兩個紅利，一個是「人口紅利」，一個是「基尼紅利」。

「人口紅利」是中國的城市化。在過去的十五年裡，中國每年的城市化率提高一個百分點，也就是說每年有一千四百萬農民變成城裡人，他們的消費力將成爲經濟和消費增長的動力。具體到不同的地區和城市，如果那裡每年都有很多新鮮面孔出現，你就不必擔心房價下跌，如果你走在街上到處碰到的都是和藹可親的熟面孔，那麼，他們的臉上就都寫著「泡沫」兩字。

「基尼紅利」是我發明的新名詞。大家聽說過的是基尼係數，它的高低標誌著一個國家的貧富差距。到今天，國家統計部門拒絕統計中國的基尼係數，理由是居民的灰色收入太大。國外一些吃飽了飯沒事幹的機構以及聯合國倒統計過，資料從四點八到五點二不等。總而言之，中國的貧富差距那是相當的大。這是一個很讓人擔憂的事情，不過問題的另外一面是，正是因爲有如此大的貧富差距，所以人民仍然沒有喪失追求財富的熱情。在經濟學上，貧富差距會成爲經濟成長的動力。我這樣說有點殘酷，但它是事實。歐洲經濟爲什麼停滯了？日本爲什麼不發展了？原因很多，最重要的一點就是，那裡的貧富差距太小了，人們失去了追求財富的動力。

那麼，將讓泡沫破滅的危機是什麼呢？是消費乏力。

如果大家都不想著賺錢了，如果農民都不想到城裡來了，如果你情人節只給情人寫一個溫馨的短信而不買iPad了，如果你的男朋友不存錢買房了……泡沫就破滅了，中國經濟就完蛋了。說到這裡，你就會明白，爲什麼我們的總理老是叨叨著要「擴大內需」了。

我們都是泡沫的製造者，我們也是泡沫的獲益者，同時，我們也可能是泡沫要毀滅的那個人生。

# 算算你的「屌絲值」

屌絲的標配與他從事的職業其實沒有關係，而在於兩個指標：第一，屌絲只有職務性收入，甚少財產性收入；第二，屌絲的銀行負債率爲零。

我這一輩子只坐過一次免費的計程車，在北京，從西山飯店到中央臺的梅地亞，開了一個多小時，司機是八〇後小張。

人們笑說北京的計程車司機列席中南海常委會，沒有他們不知道的國家大事，所以一上車，小張先向我通報了最近打老虎的近況以及即將被打的大老虎名單，聽得我一愣一愣的。接著，我問他：「您這輛車是您自己的還是公司的？」

「是我爸傳給我的，他開了三十年，剛退了。」

「你們家就你一兒子？」

「就我一兒子，龍生龍，鳳生鳳，老鼠的兒子會打洞，司機的兒子會開車唄。」

「早十幾二十年北京的哥可賺錢了。」我說這話不是敷衍小張。一九八四年，當時發行量過百萬的《中國青年報》做過一份讀者調查，最受歡迎的職業排序前三名依次是：計程車司機、個體戶、廚師，而最後的三個選項分別是科學家、醫生、教師。在上周的愛奇藝視頻節目中，我還專門說過這事。

「還可以吧。十多年前買了一套房，二〇一〇年又掙了一套，一套兩老住，一套留給了我，還有這車。」

「那你現在一個月能掙多少？」

「好的月份五六千唄，差的時候……」下面是十五分鐘生動活潑的罵娘時間，然後小張問我，「聽訂車的那姑娘說，你是經濟專家，現在有什麼好的、來錢多的工作嗎？」

「現在做手機遊戲UI的收入挺高，你要不去試試？」我先逗他玩，然後閒著也是閒著，就問了一些乾貨，「你們家那兩套房子，有抵押嗎？」

「我們家那是既無外債也無內債，第一套房是全款，賺了這些年，第二套又是全款，咱不欠銀行的。」聲音陡然響亮起來。

「那你們家有多少存款？」

「有什麼存款！都塡在房子和車子裡了。我每月賺這點，得養活兩老和我自己，每月光光，就一屌絲。」聲音回到罵娘頻道。

聽到這裡，我知道爲什麼小張的爸爸是老屌絲，開了一輩子的車，到小張這輩又成了小屌絲。接下來的幾十分鐘裡，我跟他拉拉雜雜講了一堆話，總結如下：

從家庭財務的角度說，屌絲的標配與他從事的職業其實沒有關係，而在於兩個指標：第一，屌絲只有職務性收入，甚少財產性收入；第二，屌絲的銀行負債率爲零。

譬如他爹，開了三十年的車，所有的錢都是油門踩出來的，賺到的錢，要麼定存銀行，要麼買了房。房子是自住，不產生租金收入。幾十年下來，錢貌似多了，但通貨膨脹更厲害，因爲沒有利用任何的槓桿，所以，老張的實際財富積累被泡沫吃掉了一大半。

如果換一種理財方式：十多年前老張用抵押的方式購房，出兩成首付，可以買兩到三套同等面積的房子，這一部分的增值就不得了，一套自己住，另外的出租，幾年下來，錢就套出來了。接下來，要麼再去買房，或投資一些理財產品，錢滾錢，老張家的財產性收入就會逐漸增加。還有一種辦法，就是全款購房，再把房子抵押給銀行，套出六成的錢，再去投資，錢也能滾起來。

像中國這樣的國家，經濟處於長期的增長通道，而增長的很大動力來自於重型化投資，其必然呈現的景象是，財富的增長與貨幣的泡沫化爲並生性現象，所以，如何利用貨幣的槓桿效應，放大自己的財富，是爲個人財富增長的第一要義。對於一位有可持續收入的人來說，無論他是開出租的還是在摩天大樓裡當白領，咬著牙維持一定的家庭負債是必須的。在我看來，50%~70%的負債率是安全的。「既無外債也無內債」，是一種「家庭犯罪」。你看古人造這個「債」字，便是「一個人的責任」，在商業社會中，一個敢於負債的人，其實是一個敢於對未來負責的人。

當貨幣的槓桿效應被啓動之後，一個人的財產性收入在家庭收入中的比例就會逐漸提高，而這一比例正是告別屌絲、從工薪階層向中產階層遞進的臺階。如果一個家庭的財產性收入與職務性收入各占一半之時，財務自由的曙光便可能出現了。而當前者占到絕大比例之後，你就會擺脫對職業的依賴，越來越自信，開始考慮如何過一種自己喜歡的生活。

我所描述的這一景象，出現在所有的歐美西方國家，出現在過去三十年的中國，也將出現在未來的中國。對於像小張這樣的八〇後來說，也許他不適合、也不懂得如何創業，可是，他仍然能夠一邊開著計程車，一邊讓自己擠入中產階層。

車子到梅地亞，小張一定不肯收我的車錢，北京人就是實誠。今天你讀到這篇文章，如果覺得有點用，得感謝八〇後小張。

現在，根據我提供的這套公式，你可以算算自己的「屌絲值」。

重度屌絲——沒有財產性收入，銀行貸款爲零。

中度屌絲——財產性收入：職務性收入低於20%；銀行負債：個人資產低於20%。

輕度屌絲——財產性收入：職務性收入低於40%；銀行負債：個人資產低於40%。

# 這一代工人的憂傷

這個時代若眞有尊嚴，它從來在民間。

陳桂林是東北一家大型國有企業鑄造分廠的工人，四十來歲那年，工廠難以爲繼，被「改革」了，他和同在廠裡幹活的妻子同時下崗。他會拉手風琴，便與幾位同樣下崗的老夥伴組成了一個草臺班子，在人家出殯和商場搞促銷時賺點辛苦錢。他有一個正在讀小學、特別喜歡彈鋼琴的女兒，因爲買不起琴，他跟幾位老夥計去偷琴，被抓進了派出所，他還用木板爲女兒「畫」了一架不會發出聲音的「鋼琴」。陳桂林的生活「一敗塗地」。他的妻子離家出走，跟了一個賣假藥的老闆。兩人開始爭奪女兒的撫養權。女兒倒也現實，提出誰能給她一架鋼琴就跟誰。身無分文的陳桂林就回到破敗不堪的廢棄車間，跟幾位老夥計一起——他們現在的「身份」是大嫂級歌手、小偷、打麻將還要賴的賭徒、殺豬專業戶、退休老工程師，硬生生地「鑄造」出了一臺鋼琴。

這是一部正在國內院線放映的電影，名字叫《鋼的琴》。上周，在只有四個觀眾的空蕩蕩的影院裡，我靜靜地看完了。

根據我有限的知識，這個故事一定發生在二十世紀末。當時，中央政府提出「三年搞活國有企業」，除了少數有資源壟斷優勢的大型企業之外，其餘數以十萬計的企業被「關停並轉」，超過二千萬的產業工人被要求下崗。當時還沒有建立社會保障體系，實行的是工齡買斷的辦法，一年工齡在各省的價格不同，東北地區大約是二千元，江浙一帶則是八百元到一千元——也就是說，一個工齡二十年的工人拿了幾萬元錢就被「扔」到了馬路上。

南方地區因爲商品經濟活躍，下崗工人投親靠友，很快就能找到工作。而在一些老工業基地，往往一家兩代人都在一個工廠。在過去幾十年裡，他們自認是「工廠的主人翁」，從來沒有培育自主謀生的技能，一旦失去工作，馬上成了流氓無產者。陳桂林和他的妻子、老夥計們正是這樣一群在毫無準備的情況下被突然拋棄的「工人階級」。

當時，下崗情況最嚴峻的正是《鋼的琴》的故事發生地——在計畫經濟年代有「國老大」之稱的遼寧省。二〇〇二年，我曾到瀋陽鐵西區去作下崗工人情況調研。那裡是中國最著名的機械裝備業基地，從日據年代就開始建設，二十世紀四〇年代有「東方魯爾」之稱。新中國成立後，這裡又是「一五」規畫的重中之重，蘇聯援建的「一五六工程」中有三家建在鐵西。這裡還有全國最大的工人居住區。二十世紀九〇年代末期之後，鐵西區江河日下，成了下崗重災區。我去調研一周，情況之悲慘，怵目驚心，其中聽到的兩則眞實故事如下：

——當時鐵西區很多工人家庭全家下崗，生活無著，妻子被迫去洗浴場做皮肉生意。傍晚時分，丈夫用破自行車馱她至場外，妻子入內，十幾位大老爺們兒就在外面吸悶煙；午夜下班，再用車默默馱回。瀋陽當地人稱之「忍者神龜」。

——一戶家庭夫妻下崗，生活艱辛，一日，讀中學的兒子回家，說學校要開運動會，老師要求穿運動鞋。家裡實在拿不出買鞋的錢，吃飯期間，妻子開始抱怨丈夫沒有本事，丈夫埋頭吃飯，一語不發。妻子抱怨不止，丈夫放下碗筷，默默走向陽臺，一躍而下。

我至今記得那些向我講述這些故事的人們的面孔，他們靜靜地說，無悲無傷，苦難被深鎖在細細的皺紋裡。到今天，我常常在夢中遇到他們，渾身戰慄不已。

他們是這個世界上最好的產業工人，技能高超——否則不可能用手工的方式打造出一台鋼鑄的鋼琴，忠於職守，男人個性豪爽，女人溫潤體貼。他們沒有犯過任何錯誤，卻要承擔完全不可能承受的改革代價。

在後來作改革史的研究中，我還接觸到下面這則史料：

早在一九九六年至一九九七年間，由於國有企業的大面積虧損以及隨之而被迫展開的產權改造運動，按官方的統計資料，下崗工人的總量已經達到一千五百萬人，其後一直居高不下，這成了當時最可怕的「社會炸彈」。在一九九八年前後，世界銀行和國務院體改辦課題組分別對社保欠帳的數目進行過估算，一個比較接近的數目是二萬億元。

一些經濟學家和官員——包括吳敬璉、周小川、林毅夫以及出任過財政部部長的劉仲藜等人便提出：「這筆養老保險欠帳問題不解決，新的養老保險體系就無法正常運作，建立社會安全網、保持社會穩定就會成爲一句空話。」在後來的幾年裡，他們一再建言，解決國有企業老職工的社保欠帳問題和建立公正完善的社會保障基金。二〇〇〇年年初，國家體改辦會設計了一個計畫，擬畫撥近二萬億元國有資產存量「做實」老職工的社會保障個人帳戶。然而，幾經波折，這一計畫最終還是流產。反對者的理由是「把國有資產變成了職工的私人資產，明擺著是國有資產的流失」。晚年吳敬璉在評論這一往事時，用了八個字：「非不能也，是不爲也。」

二〇一〇年，在參加一個論壇時，我遇到一位當年反對二萬億元畫撥計畫的著名智囊、經濟學家。我問他十年以來對當年的主張有何反思。他一邊吃飯，一邊淡淡地回答我說：「不是都過去了嘛。」

是的，都過去了。一地衰敗的鐵西區過去了，國有企業改革的難關過去了，二千萬下崗工人的人生也都過去了。現在，只有很小很小的一點憂傷，留在一部叫作《鋼的琴》的小成本電影裡。歷史常常作選擇性的記憶，因而它是不眞實的，甚或如卡爾・波普爾所說的，是「沒有意義的」。

這個時代若眞有尊嚴，它從來在民間。

在這篇與文藝無關的文章裡，我要向《鋼的琴》的主創人員致意——他們是導演張猛、男主角王千源以及不取報酬的東北籍女演員秦海璐。你們做了一份眞實的工作，讓那些企圖在電影院裡逃避現實的人們有了一次突然與當代中國直面相撞的機會。

有可能的話，去看一下《鋼的琴》吧。它被安排在「中國年度大片」《建黨偉業》和「世界年度大片」《變形金剛3》之間上映，僅僅是一個「聊勝於無」的插曲。

# 「原諒我吧，兄弟們」：工人階級的詩

在這些中國工人詩人的詩歌面前，棲居和大地的意義被解構，而詩意本身則呈現出控訴、反諷和破壞的本色。

二〇一〇年五月，深圳龍華鎮的富士康工廠發生震驚世界的連續跳樓事件。到第十三跳發生之後，工廠安排員工去安裝一個鋼鐵防跳網，在施工的工人中有四十六歲的郭金牛。他是湖北浠水縣人，從一九九四年開始就在廣東深圳、東莞一帶打工，當過建築工、搬運工、工廠普工、倉管等，與此同時，他還有一個非常隱蔽的身份——詩人。在安裝防跳網之後，郭金牛用「衝動的鑽石」的筆名，寫出了《紙上還鄉》。

少年，某個凌晨，從一樓數到十三樓。
數完就到了樓頂。
他。
飛啊飛。鳥的動作，不可模仿。
少年畫出一道直線，那麼快
一道閃電
只目擊到，前半部分
地球，比龍華鎮略大，迎面撞來
速度，領走了少年；
米，領走了小小的白。

這是詩歌的第一節。全詩三節，連標點符號共三百五十九個字。寫作此詩的那隻手，也是安裝防跳網的那隻手，這是一個富有隱喻性的細節。一段帶血的當代歷史被精準地凝固，拒絕遺忘。

我聽說郭金牛的故事和他的詩歌，是最近的事情。二〇一四年三月，我在南京參加一個活動，清晨去街邊的報亭閒逛，順手買了二月期的《讀書》雜誌。在翻閱中，我讀到了秦曉宇的文章《共此詩歌時刻》，其中透露出一個令人非常意外的事實：在當今中國存在著一批工人詩人，他們迄今仍在一線從事勞力生產，其中有礦工、搬運工、保安、車床工乃至涼菜師傅，而同時，他們在寫詩，他們的詩歌描寫的正是生活和勞動本身。在讀完秦曉宇的文章後，我給他寫信：「詩歌從來有記錄歷史的傳統，比謳歌與詛咒更重要的是記錄本身，我們似乎又找到了這根線頭。過往三十多年，中國工人階級是物質財富的創造者之一，可是他們似乎還沒有得到應有的重視，然而，你的工作讓我們看到了事實的另外一面。」我很快得到了秦曉宇的回覆。曉宇是目前中國最活躍的七〇後詩人和詩歌評論家之一，曾出版長篇詩論專著《玉梯——當代中文詩敘論》。我們在五月見了面，隨後我邀約他主編一本《工人詩典》，這個工作正在進行中。

中國的新詩復興發生在二十世紀八〇年代。記得讀大學的時候，無論是文科系還是理工系，一間缺少《朦朧詩選》的宿舍都會被嚴重鄙視。而那些朦朧派詩人，如北島、舒婷、顧城和歐陽江河，等等，無一不是青年工人出身，他們以充滿自由的姿態告別了僵硬的教條文本。「黑夜給了我黑色的眼睛，我卻用它尋找光明」，當過木工和油漆工的顧城曾用這樣的詩歌定義了一代人的精神。然而，進入二十世紀九〇年代中期之後，詩歌被商業主義驅逐，而所謂的職業作家和詩人被權力和院校圈養，遠離活潑和嚴酷的現實。我們的作家們對清代婦女髮髻的樣式瞭若指掌，但對窗外工地上的生活一無所知。

在中國的二千九百個大大小小都市縣城裡，存活著二點六億農民工，再加上有城市戶籍身份的產業工人，總數約四點五億。他們是當今中國的工人階級。在憲法上，他們是我們這個國家的領導階級和先進生產力的代表。然而，在現實生活中，我們似乎聽不到他們的聲音，在他們與政治家、企業家和文學家之間，橫亙著一道「冰牆」。

好在詩歌不死。據秦曉宇推算，目前在一線從事體力勞動的工人詩人應在萬人以上，稍稍成名者亦超過百人，其中以七〇後和八〇後為主力，工種和城市分佈非常廣泛。

在曉宇的推薦下，我讀到了張克良的詩。他是安徽淮南市潘北煤礦工人，在井下勞動超過二十年，以「老井」為筆名寫作詩歌。有一次，煤礦井下發生瓦斯爆炸，現場產生的大量瓦斯及明火將引起第二次、第三次乃至於第三百次的爆炸，為了避免事態的進一步惡化，有關部門忍痛下令砌上隔離牆，將現場暫時封閉，以隔斷氧氣的進入，從源頭上杜絕爆炸的再次發生。於是，沒來得及搶救出來的許多遇難者遺體便被擱置在地心的黑暗裡。目睹此景並親身參與搶救的張克良寫下了《礦難遺址》：

仍在低泣……
還有許多鋼鈎般鋭利的
求救目光，擠出石頭牆縫

扯住我的肝腸，直往牆內拉
……原諒我吧，兄弟們
原諒這個窮礦工，末流詩人
不會念念有詞，穿牆而過
用手捧起你們溫熱的灰燼
與之進行長久的對話
所以我只能在這首詩中
這樣寫道：在遼闊的地心深處
有一百多個採摘大地內臟的人
不幸地承受了大地復仇時
釋放出的萬丈怒火，已煉成焦炭
但仍沒被徹底消化乾淨……
餘下驚悸、愛恨，還有
……若干年後
正將煤擢入爐膛內的
那個人，在呆呆發愣時獨對的

一堆累累白骨……

「原諒我吧，兄弟們。」原諒我們這個時代的繁榮偉岸和殘酷冷漠，原諒我們在享用你們的煤炭和溫暖的同時，也在享用著你們的血與汗。馬丁·海德格曾說「人應該詩意地棲居在大地上」，在這些中國工人詩人的詩歌面前，棲居和大地的意義被解構，而詩意本身則呈現出反諷和破壞的本色。

我還讀到了鄭小瓊的詩。她出生於一九八〇年，二十一歲南下打工，先後在模具廠、玩具廠、磁帶廠和五金廠做倉管和軋孔工。她的詩集《黃麻嶺》便取自東莞市東坑鎮的一個地名。讀鄭小瓊的詩，總讓人不由想起同爲女工出身的舒婷，相比於後者的溫婉、明亮和宏大，鄭小瓊則表現得更加自我和反叛，她在《工業區》中寫道：

多少燈在亮著，多少人在經過著
置身於工業區的燈光，往事，機臺
那些不能言語的月光，燈光以及我
多少渺小。小如零件片，燈絲
用微弱的身體溫暖著工業區的繁華與喧囂

而我們有過的淚水，喜悅，疼痛
那些輝煌或卑微的念頭，靈魂
被月光照耀，收藏，又將被它帶遠
消隱在無人注意的光線間

從木工顧城到礦工張克良，從燈泡廠女工舒婷到五金廠軋孔女工鄭曉瓊，中國工人階級一直在頑固地記錄著自己的命運，它有時候被發現，更多的時候則非常隱秘，「消隱在無人注意的光線間」。

此刻是初夏午後，我在上海——這裡是中國工人階級的誕生地——的一間燈光柔和的咖啡吧裡讀著他們的詩歌，而那些寫詩的人，他們中的大部分應該都還在陰潮嘈雜的車間裡。

# 他們的心裡都有一座「哀牢山」

褚時健的哀牢山和李經緯的病房，均屬「圈地自困」，帶有極濃烈的意象特徵，宛如一代企業家的「極限情境」。

二〇〇八年夏秋之際，去雲南紅河州的彌勒縣參加一個財經雜誌的年會，歸程且行且遊，進玉溪境內，有友人邀約到一大湖邊吃湖魚火鍋。此湖出於大山之間，縹緲曠遠，據說極神秘，因事涉軍事，在很多年的全國地圖中竟未標出。友人遙指湖畔一峻嶺說：「這就是哀牢山，褚時健在那裡種柳丁，不久前王石剛剛上山探望，吳君願否一訪？」

我在作企業史研究時，曾遍閱有關褚氏的種種報導，並專門寫過一篇案例解讀。褚時健是中國煙草業的傳奇人物，他以十七年之功，將瀕臨倒閉的玉溪捲煙廠帶到全國第一、世界第五大煙廠的位置，累積創利稅達八百億元以上，每年上繳稅金占到雲南財政收入的60％。可是，到一九九六年他卻因貪獲罪。據檢察系統的偵察，褚時健貪污金額爲七百萬元左右，在當年，這是一個極大的數額，按律難逃死罪。

事發之後，褚時健試圖通過雲南邊陲河口邊關出境，被邊防檢查站截獲。隨著案情偵查深入，其妻子、妻妹、妻弟、外甥均被收審，女兒在獄中自殺身亡，兒子遠避國外，名副其實的「妻離子散、家破人亡」。

然而，褚案在經濟界引發了極大的同情浪潮。褚時健創利百億，其月薪卻只有區區的一千元。有人算了一筆帳，紅塔每給國家創造十四萬元利稅，褚自己只拿到一元錢的回報。「一個爲民族工業作出如此巨大貢獻的企業家，一年收入竟不如歌星登臺唱一首歌！」在一九九八年年初的北京「兩會」上，十餘位企業界和學界的人大代表與政協委員聯名爲褚時健「喊冤」，呼籲「槍下留人」。

一九九九年一月，褚時健「因爲有坦白立功表現」被判處無期徒刑。宣讀判決書的時候，他只是不停搖頭，一言不發。一年後，褚時健以身體有病爲由獲准保外就醫，他與妻子在哀牢山上承包了二千畝荒涼山地，種植甜橙。

此後十餘年間，偏遠寂寥的哀牢山突然成爲很多民營企業家的奔赴之地，有的獨自前往，有的結群拜訪，用最早做出這一舉動的王石的話說：「雖然我認爲他確實犯了罪，但這並不妨礙我對他作爲一個企業家的尊敬。」

對褚時健的同情和致意，超出了對其案情的法律意義上的辯護，其實質是一個財富階層對自我境況的某種投影式認知。

德國哲學家雅斯貝爾斯曾提出「極限情境」的概念，在這一情境中，通常遮蔽我們的「存在」的雲翳消散了，我們驀然直面生命的基本命題，尤其是死亡。雅斯貝爾斯描述了人們面對這一情境時的焦慮和罪惡感，與此同時，也讓人們以自由而果敢的態度直面這一切，開始思考眞正的命運主題。

當年褚時健與老妻兩人獨上哀牢山，並沒有想過「褚橙」的商業模式，也不知道會有什麼電子商務，他對所受遭遇毫無反抗和辯駁，亦不打算與過往的生活及故人有任何的交集。自上山那日起，他的生命已與哀牢山上的枯木同朽，其行爲本身是一種典型的自我放逐。也正因此，在公共同情與刻意沉默之間，無形中營造出了巨大的悲劇性效果。

我由此聯想起另外一位企業家的遭遇。

二〇〇六年，我創作《大敗局2》，爲了健力寶案，專赴廣東調研。健力寶曾是中國知名度最高的飲料品牌，創始人李經緯白手起家，締造了一個商業傳奇，然而在二〇〇一年前後，李經緯與當地政府在健力寶的產權改革方案上溝通失敗，他被硬生生地排擠出企業，後又因「涉嫌貪污犯罪」被罷免全國人大代表職務。

我在粵期間，先後拜會了一些相關的核心及周邊人士，但始終無法訪到李經緯本人。有一次，他的一位身邊人約我至廣州的一家茶館相見，詳聊有關史料細節，我再次提出見面懇請，他用手一指窗外說，李總就住在馬路對面的這家醫院。

我凝視醫院大樓，知道裡面困居著一具委屈的病軀。

二〇一三年四月，李經緯去世。十年間，他沒有見過任何媒體或「外人」。聽聞他的死訊，我當夜在微博中寫文遙悼：「一瓶魔水，廿載豪情，從來中原無敵手；半腹委屈，十年沉默，不向人間歎是非。」

二〇一四年在廣州，又見到當年接受訪談的健力寶舊部，他說老人晚年將一部《大敗局2》置於病床枕下，有鄉親老友到訪，就翻出來說，這書裡寫的都是實情。

一言至此，舉座淒然。

在某種意義上，褚時健的哀牢山和李經緯的病房，均屬「圈地自困」，帶有極濃烈的意象特徵，宛如一代在扭曲的市場環境中掙扎成長的企業家們的「極限情境」。面對這一場景，他們會不由自主地喚起同理心，構成集體心理的強烈回應。

根據全國工商聯的資料，到二〇一四年年底，全國的私營企業數量多達一千二百萬家，個體工商戶約三千六百萬人，其和相當於西班牙的全國人口或兩個臺灣島人口，亦是全球規模最大的私人資本集群。但是，這些財富階層的權益自我保護能力非常羸弱，在公共事務上的話語權無從談起，甚至隨著貧富懸殊的擴大，因煽動而出現的仇富現象時時引發，人人心中都好像有一座雲纏霧繞的「哀牢山」。

這兩年，每逢「褚橙」新鮮上市，我都會去網上默默地訂購兩箱，一則感奮於八旬老人的創業勵志，再則是品味一下哀牢山的甘甜與「苦澀」。

# 宋林的悲劇

**我之哀宋林，其實是哀國企，哀一代為國服務的商業菁英群體。**

華潤在香港的總部大廈位於灣仔港灣道二十六號，是一九八三年建的雙子式老建築，二〇一一年秋天我去拜訪宋林的時候，大樓正在裝修，外牆被鷹架包圍。宋林遲到了，我去兩樓之間的平臺上閒逛，順手買了一杯太平洋咖啡（Pacific Coffee）。宋林見到我的時候，笑著說的第一句話是：「這是我的咖啡。」太平洋咖啡是華潤收購的一個香港本土品牌，宋林說，亞洲人的口味偏甜，我們想調試出一些新的口感來。

宋林一直非常低調，很少在媒體上露面，也不與外部研究者接觸。二〇〇九年，宋林在華潤做一個名爲「六〇班」的高級人才培訓專案，合作方是美國合益（Hay Group），後者提出把專案總結爲一本圖書，宋林同意，合益找到藍獅子，因此才有了我與宋林的那場面談。在後來的一年多裡，藍獅子的兩位研究員訪談了華潤近四十位高管，去多個子公司實地調研，這可能也是華潤多年來唯一一次對外部開放的學術調研活動。

在與宋林見面前，他的秘書告訴我兩個細節以佐證他的老闆的「厲害」，「宋先生當上華潤集團總裁時才四十歲，是國資委體系最年輕的副部級幹部」。另外，「宋先生還是王石的老闆」。

宋林出生於一九六三年，大學畢業後就以實習生的身份進入華潤，可謂地道的「子弟兵」。他對我說：「那時候，幾個人擠在一間很小的集體宿舍裡，是香港最窮的打工仔，不過心裡還是很驕傲，覺得我們是在資本主義世界裡爲國家辦事。」在中國當代政經史上，華潤是一家傳奇性公司，它由周恩來創辦於一九三八年，前身爲中共在香港建立的地下交通站，據傳創辦經費爲黨費兩根金條。在解放戰爭時期，華潤是中共最重要的物資採購基地，它有自己的船隊，在東北的大連與港島之間建立了運輸航線。朝鮮戰爭期間，它更是唯一的秘密通道，爲國家採購了大量軍需物資，號稱「紅色買手」。計畫經濟時期，華潤一度承擔中國幾乎所有輸港出口產品的總代理，成爲當時國際貿易的核心窗口。

宋林進入華潤的一九八五年，正是最艱難的轉型時刻，隨著對外開放戰略的推行，越來越多的省份和部委到香港開設「視窗公司」，華潤的壟斷地位被迅速冰解。作爲一家政策型的貿易企業，華潤此前數十年雖然功勳顯赫，但是承擔的俱爲國家任務，自身並沒有多少實業積累——一九八三年之前，華潤的註冊資金只有五百萬港元，一旦喪失管道功能，其存在價值便立即遭遇危機。在這個意義上，青年宋林進入的是「另外一個華潤」。宋林對我說：「華潤是最早進行業務轉型，而且是轉型最徹底的外貿公司。」二十世紀八〇年代末期，華潤轉向內地，以外資身份進行戰略投資，涉及紡織、服裝、水泥、壓縮機、啤酒、食品、電力、酒店、地產等諸多行業，從而奠定了由貿易向實業轉型的基石。而宋林等一大批年輕大學畢業生正是以「子弟兵」的身份參與了這一全過程。

在我們對華潤的實地調研中，有四個非常值得記錄的優秀特徵。

其一，華潤是一家眞正實踐了價値投資的財團型企業。它從養殖、漁業、屠宰開始，相繼進入石油、電力、醫藥、零售、地產等一大批行業，以獨特的價値發現眼光，實施了一系列的併購行動。藍獅子研究員鄭作時在他的書稿中寫道：「併購作爲一種市場的手段，大多數情況下是由產業領導企業買入劣勢企業的資產，以更高的生產率和更好的產品來贏得市場，創造共贏效益。而華潤的併購戰略並不與此相同，它利用的仍然是華潤『戰略能力』，即精確地估算出國內某一市場供不應求的狀態，以華潤深厚的政府關係以及香港資本市場的誘惑力，介入國內已有的產業公司的股權交易，分食企業的資本收益。」宋林之所以能夠從那批「子弟兵」中脫穎而出，正是因爲他在併購交易和資產處理上的天賦和優異表現。

其二，華潤是極少數形成了金融——實業一體化運營能力的中國公司。在過去的近三十年裡，華潤集團形成七大戰略業務單元、十九家一級利潤中心、二千三百多家實體企業，其中包括五家香港上市公司、六家內地上市公司，員工總數達四十多萬人。如此龐大紛雜的企業集團得到了有效率的管理。在涉足的很多領域中，華潤的管理效率和投資回報率都非常靠前。

其三，華潤是極少數不靠壟斷存活的「中央企業」。與其他國資委下屬的一些企業不同，華潤並沒有靠政策壁壘形成壟斷經營的優勢。相反，它所實施的很多併購行動，比如控股萬科、收購三九以及進入水泥和地產領域，等等，基本都屬於完全市場競爭行爲，因此在公共輿論層面，華潤模式較少被詬病。也正因此，華潤的各個業務模組都具有較強的市場競爭力。

其四，華潤在高管人才的反覆運算培養上形成了自己的特色和經驗。二〇〇九年，出任董事長不久的宋林推出「高級人才發展第一期計畫」，將華潤內部出生於一九六〇年之後的三十六位高管召集起來，開設「六〇班」，他親自出任班主任，「系統培養一批具有國際視野、有使命感、有魄力和能力帶領華潤走向更大成功的未來領導者」。這一計畫在華潤內部曾經引發一場人事大地震，因為「六〇班」的開設，無疑意味著五〇年代出生的一大批幹部的集體出局，宋林因此承受了極大的人事壓力。後來的事實證明，這一人才計畫讓華潤在幹部結構上煥然一新，隨後宋林又開設了「七〇班」、「八〇班」。華潤的這一人才模式在中國的大型企業中頗受關注。二〇一四年年初，協助宋林實施這一計畫的美國合益中國區總裁陳偉被萬科聘為主管人才培養的高級副總裁。

我們再來看看宋林打理華潤的業績單。他於二〇〇四年出任總經理，其時華潤的總資產為一千零一十二億元、經營利潤為四十五億元，到十年後的二〇一三年，這兩個資料分別為一萬一千三百三十七億元和五百六十三億元，增長均超過十倍。舉目全球商業界，能夠獲得如此業績者亦可謂彪悍，而宋林正當盛年，以五十歲的年紀，管理萬億人民幣資產和十一家上市公司，這在當今全球職業經理人中應該也排不出十位。

今天的宋林已身陷囹圄，他的罪名尚未公佈，但估計會非常的不堪，而他的餘生將在監獄和不齒中度過，這到底是一場怎樣的悲劇？

宋林的社會身份很多重，他是「國有企業職業經理人」，他的職責是「國有資產保值增值」，而同時他又是一位中組部直管的「黨管幹部」，在行政上則享受副部長級待遇，這些都是具有鮮明中國特色的名詞。「商人＋黨員＋官員」的「三位一體」，讓宋林的身份變得非常的模糊。在轉型尚未完成的中國，「三位一體」的身份讓宋林有機會獲得更多的資源和政策支持，但同時也令他陷入了另外的一些困境。

比如，他的商業才能並不能得到客觀的評價，很多人認爲，國企經營者的成功俱得益於政府庇護。「在所有的球員中，他的父親是教練，他的哥哥是裁判。」近年來，隨著國家資本集團的畸形壯大，民營企業家與國企經理人之間的隔閡越來越大，彼此互不服氣。再比如，國有企業所實現的業務增長並不能得到社會的認可。很多人認爲，國有企業的存在本身就是不必要的，國企獲得的成功越大，對民營企業的壓抑就越大。又比如，國企經理人的收入與他的商業成功幾乎沒有對價關係，宋林沒有一分錢的股份，也不享受分紅激勵，更談不上「金色降落傘」，甚至他的職務能否保住都需要靠某些灰色的權貴——從宋林案披露的一些資訊可見，他之墮落正與此有關。

自本輪改革開放以來，國企經營者作爲一個極其特殊的商業菁英群體，其命運跌宕的豐富性是頗值得深研的課題。在我的研究視野中，三十多年湧現出的一些旗幟性人物，其日後際遇非常的兩極化。有些人先盛後衰，最後甚至身敗名裂，如第一批放權讓利試點企業首都鋼鐵的周冠五、紅塔煙草的褚時健、三九醫藥的趙新先等。也有一些人商而優則仕，如東風汽車的陳清泰和苗圩、中海油的衛留成等。而能夠在經理人崗位上維持企業可持續發展並善始善終者，確乎寥若晨星。

近年來，不少國企經營者甚至對自身的職業價值產生了懷疑。一位央企領導人曾對我自嘲是「三無人士」——無存在感，無論企業管理得多優秀，都得不到民衆和社會的認可與尊重；無兌現感，無論經營業績有多出色，都與自己的收入不匹配，與同資本等級的民營企業家相比更是判若雲泥；無安全感，隨便任何人都可以「實名舉報」，坐車、吃飯、旅行、收受禮物、與異性合影，凡此等等都可能被「一票擊殺」。國企當家人的此種「三無情緒」非常普遍，且有瀰漫之勢，宋林式悲劇以及「三無情緒」的產生，其背後凸顯出來的，其實是中國經濟改革一個迄今仍未破題的重大命題：如何看待以及實施國有經濟改革。早在一九七八年年底召開的十一屆三中全會上，中央政府就意識到：「現在我國經濟管理體制的一個嚴重缺點是權力過於集中，應該有領導地大膽下放，讓地方和工農業企業在國家統一計畫的指導下有更多的經營管理自主權。」一九七九年五月，國務院宣佈，首都鋼鐵公司、天津自行車廠、上海柴油機廠等八家大型國企率先進行擴大企業自主權的試驗，從此拉開了國企改革的序幕，然而，其後的改革實踐並不順利，甚至多次陷入歧路、掉入陷阱，現今形成的國企格局仍然廣被詬病。

在不久前的十八屆三中全會上，國企改革被列爲核心目標之一，可是一些基本的改革理念及路徑仍然有待釐清，比如，國有經濟存在的倫理性和必要性解釋、國有資本的管理模式、國有資產的處置模式、國有企業的利潤上繳模式、國有企業的監督管理模式，以及對國有企業經理人階層的獎懲制度，等等。

宋林身軀高大，髮微捲，目光犀利，與我交談時，坐姿靠後，給人傲慢的印象。他的思維極其敏捷，往往提問及半，便已知道你想瞭解什麼，對膚淺的交流缺乏耐心，而在熟悉的領域裡，則滔滔不絕，思辨嚴謹。

我之哀宋林，其實是哀國企，哀一代爲國服務的商業菁英群體。

# 「病人」王石

我一直以爲，如果中國的企業家是一群不知命運爲何物的人，是一群不知敬天畏人、僅以一己私利之追求爲人生最高目標的人，那麼，財富聚集到這些人手中無疑是暴殄天物，是人世間最大的不公，是未來中國最可怕的危機。至少王石讓我們看到另一種存在。

「在『笨笨紅燒肉』之前，聽我講座的人最多有七八百，『笨笨紅燒肉』以後，居然就增加到了五千。」二〇一四年的七月二日，在杭州良渚一間幽僻的會所裡，王石用自嘲的口吻跟我說。對一個人而言，多麼尷尬或難堪的事情，一旦能親口說出來，便表明它已經「落地」了。

就在上周，王石先在深圳的北大滙豐商學院做了一場演講，有五千多人到場，據說創下了一個紀錄。然後他又在上海的中歐國際工商學院舉辦同題演講，因報名者太多，在主會場之外還開了八個視頻分場。王石的演講題目是：底線與榮譽。

## 一

我最早關注王石，是在二十世紀九〇年代末期。那時，開在萬科網站中的「王石ONLINE」可能是所有企業家網站中最火爆的一個。在首頁的第一行便有王石引用哈威爾的一句名言：病人比健康人更懂得什麼是健康，承認人生有許多虛假意義的人，更能尋找人生的信念。

我不知道王石爲什麼要把這句話如此醒目地放在那裡。

到二〇〇三年，萬科創立將近二十年，王石親筆創作的《道路與夢想：我與萬科二十年》，在秦朔的牽線下，由藍獅子出版，從而讓我有了第一次接近王石的機會。

在很長時間裡，熱鬧的王石其實是一個很寂寞的人，不然他不會在過去的那些年裡做出那麼多決然的事。他把親手打造出來的萬科集團幾乎整個兒賣給了華潤，道理上來說是爲了套錢圈地，但作爲上市公司的萬科是否一定要「賣身買地」卻是一個大大的問號；王石大做減法，把旗下的萬佳、怡寶和萬博等都處在行業「Number One, Number Two」位置的公司統統出售，道理上來說是爲了死心塌地做地產。可是這種「極端專業化」的模式是否必要，眞可以打一個大大的問號；王石在房地產最瘋狂的時候提出利潤不超過２５％，道理上來說是爲了還社會一個公平、還企業一個「平常心」，但這種無法監控的承諾到底能否實現，或對行業成長有什麼實際意義卻仍可以打上一個大大的問號。

從經營決策的角度來說，王石的這些動作都能夠作爲ＭＢＡ的教案來好好地討論，至少在我看來，這是一些近乎瘋狂的做法，可王石就這麼輕描淡寫地做了。在濺起的一片片喧騰中，在無窮無盡的說法中，我們看到王石在聚光燈下一遍遍地解說、闡述、佈道，而他的心卻似乎在另一個偏冷的角落無聲地睨視。海德格說：「當你們眞的聽懂我說了什麼的時候，你們就完全地錯了。」我看王石，每每有這樣的感受。

喜歡登山的王石，曾與友人有過一些對話，在那一時刻，登山者王石和企業家王石似乎在描述他對生活和職業的共同感受：

「登山是一個後悔的運動，一進山後，馬上就會出現頭暈、噁心等高山反應，感到後悔。」

「身下就是深淵，令人不寒而慄！因爲難度大，上攀的隊員擠壓在這裡，有的費一個小時才能通過，見到這種情景，瞬間產生恐懼感。」

「那個時候在頂峰上，一方面是因爲太疲憊，另一方面是因爲缺氧，人有點麻木，所以沒什麼崇高激動的情緒。」

我喜歡這樣的對話。因爲在這裡我們聽得到血液流淌的聲音，我們可以眞切地觸摸到這個貌似喜樂、倡導豐盛人生的享樂主義者內心所有的寂寞、恐懼與不安。人對天理、命運的敬畏，並不僅僅表現爲順從，而應該是一種清醒的對話，是向上成長的渴望，是與未知對抗的堅決與愉悅。

## 二

這些年，我們經常聽到關於王石的種種議論：有說王石的瀟灑是裝給別人看的，他是在爲萬科做免費的廣告；有說王石其實很專斷，他是萬科集團裡唯一的一隻「貓」；有說王石老早就已衣食無憂，他是在天下人眼前演一齣戲；還有的甚至說老王其實有「心臟病」，必須不斷地爬山才能鍛煉心肌……當一個人漸漸變成一則傳奇，種種江湖流言便開始如牛奶般地漫滲開來。

關於這些流言，很少有人會與王石面對面地「對質」，但我認爲它們並非空穴來風，至少是某種公共評論的隱喻。在很多時候，一個公衆人物對於大衆來說是一個符號，它寄託了人們對某一種信念及生活方式的認同或否定。作爲一個商業文化的觀察者，我更願意以一種常人的心態來揣測王石的動機，在某種意義上，王石好像有著一種很深重的「病人情結」。

王石把萬科當成了「病人」，它超速長大青春激蕩，病疾不斷常常莫名發作，因而必須時時警覺，日日維新。王石把房地產業當成了「病人」，它暴利驚人遊戲詭異，充斥著令人迷失的金色陷阱，因而必須讓欲望遏制，令心智清明。王石把他自己當成了「病人」，在沒有約束、衆星捧月中又有多少人能找到自我？王石把這個時代也當成了「病人」，物欲橫流，價值多元，到底什麼是人們眞正的渴望？

因爲有「病」，所以有所敬畏。在這些年裡，我接觸過無數的企業家，他們往往是匆忙的，是焦慮的，是憤懣的，是自傲的，是勇敢的，卻很少是快樂的，是陽光的。我不知道，天籟寂靜之際王石是不是快樂，可是，至少他讓我們「感覺快樂」，感到他面對命運時的畏懼。當他決定讓自己的人生以如此多彩而透明的方式鋪陳開來的時候，便意味著他的獲得和放棄已經超出了職業的範疇，而更帶有人生歷險的趣味。

我想，我對王石的這些解讀，大概都是錯的。當這個人如此獨特地行走在擁擠、奢華而乏味的中國企業家走廊上的時候，我寧願那麼錯誤地深信他代表著另一種生活的姿態。

我一直以爲，如果中國的企業家是一群不知命運爲何物的人，是一群不知敬天畏人、僅以一己私利之追求爲人生最高目標的人，那麼，財富聚集到這些人手中無疑是暴殄天物，是人世間最大的不公，是未來中國最可怕的危機。至少王石讓我們看到另一種存在。

## 三

從二〇一一年開始，王石遊學於哈佛和劍橋，每年只在寒假、暑假歸國，「被大家牽著熱鬧一陣子，然後再飛回去讀書」。他的英語有了很大的進步。在哈佛期間，除了聽課，他還開設一門叫「企業倫理」的選修課程，也就是說兼有學生和訪問學者的雙重身份，現在，《企業倫理》也成爲王石正在創作的一部書稿。此次在杭州見面，他又提出了一個新的想法，想要創辦一個「中國企業案例中心」，專注於中國公司管理案例的研發：「隨著中國經濟的繁榮，越來越多的公司進入世界五百強，其中，民營企業的數量還會增加，可是到今天，我們還無法回答什麼是『中國式的管理思想』，這太讓人著急了。」

從二〇〇八年汶川地震之後，王石的身上呈現出越來越濃烈的公共氣質，在某些時政話題上，他的勇敢讓人有點吃驚。二〇一三年以來，在中國商業界發生了一次「企業家是否應該『在商言商』」的大爭論，王石清晰地表達了自己的觀點。他認爲，「在商言商」

絕不是不談政治、不談國是：「我首先是個公民，公民就有公民權，我是可以談政治的；其次我是個商人，我當然關心工商業階層面臨的問題……在我本人是從自我否定到自我肯定的一個過程。商人在中國社會中地位不高，但作爲商人，首先要對自己的定位有判斷。工商業者一方面希望得到社會認可，另一方面如果你自己都不尊重這個行業，別人怎麼尊重你？所以商人要對自己所在的行業尊重、承認和喜愛。」他的這些表述，帶有很鮮明的階層代言色彩，這恐怕也是他最近受到很多企業界人士尊重和歡迎的原因。在深圳、上海的演講中，一向缺乏娛樂精神的他不但幾次拿「笨笨紅燒肉」開玩笑，甚至不再避諱岳父的高官背景。「如果我當年利用了家庭的政治關係去拿地，那麼，今天我還能站在這裡嗎？」在很多人聽來，他的這個反問，是成立的。

王石創立萬科，到二〇一四年剛好三十年，在熟悉他的朋友們的眼裡，他與他創立的這家企業似乎走上了兩條不同的成長路徑。就萬科而言，是一家少有的、從很早就試圖用西方的那一套管理制度來治理企業的中國公司，因這一偏執的堅持，萬科的經理人制度和公司文化表現出非常鮮明的美式特徵。但就王石而言，他卻沒有恪守以績效主義爲「根目標」的西方經理人文化的傳統，十多年前開始到處爬山，近年來又把大量時間投注於公共事務，在他的身上散發出傳統中國士大夫的那種家國氣質。

在西方的現代話語體系中，今天的王石似乎很接近雷蒙・阿隆對現代知識份子的定義。阿隆在《知識份子的鴉片》一書中認爲，知識份子就是「在職業活動之外，以『知識份子的方式』生活和思想的人」，知識份子在公共事務參與上應擔當「介入的旁觀者」的責任。阿隆的這一定義出現在二戰之後，一度引起非常大的爭議，而今已逐漸成爲一種共識。事實上，即便在西方世界中，企業家階層中符合阿隆定義的人也非常罕見，僅有的少數人都出現在媒體界和金融界，如亨利·盧斯、索羅斯等人。相反，在中國的近代歷史上，則湧現過不少類似人物，如民國的張謇、盧作孚、丁文江、陳光甫，等等。這一現象似乎從來沒有被認眞參照研究過。

## 四

在「底線與榮譽」的演講中，王石用親身經歷向同爲商業人士的聽衆們提出了一些有關底線的感想與建議。它們包括：

——我說自己不行賄，很多人不信。不信，我也要不行賄，時間久了，就有人信了。大家信了，底線就出現了。

——我們在中國是底線的事情，在美國你是必須要這樣做的，你這樣做了之後，你會發現一切很容易。

——堅持底線會馬上見效嗎？不能。但是你堅持底線，你堅信這個市場是規範的，是成熟的，它一定會按照規範、成熟地來對待你。

——即使你的自行車被偷了，再緊急，也不能偷別人的自行車，這就是底線。

這些大白話，說出來貌似挺容易，但是，要信這些話，並不容易，要做到，更不容易。這也是很多人去聽王石演講的原因。

最後閒話一件連王石也不知道的事情：二〇一二年年底，「笨笨紅燒肉」風風火火地鬧上了新浪微博及全國各大報刊娛樂版頭條，王石的朋友們都很焦急。那些天，我在峇里島度假，恰巧馮侖也在，他漏夜趕到我住的酒店，坐下來只問了我一句話：「你說王石還能回來嗎？」

我記得那夜的海浪聲很大，我們的交談急促而沒有著落。現在，馮侖的問題似乎找到答案了：有底線的人，遲早都能回來。

# 那把椅子還在嗎？

世界互聯網大會在烏鎮以輕喜劇的方式溫婉落幕，它其實與「世界」無關，也沒有留下太多讓人回味的細節，但它確乎傳達了某些非常鮮明和富有中國特色的訊息，指向一個不再令人好奇的世界。

王峻濤是一個腦殘級的金庸粉絲，在二〇〇〇年，他創辦的八八四八是當時最大的B2C網站。這年八月，杭州的馬雲打電話給他，邀請他到西湖開個會，最能打動人的是，「金庸大俠也要來」。

九月十日，「西湖論劍」如期舉辦，這是中國互聯網的第一次業界領袖峰會，受邀到場的有三大新聞門戶以及兩家電子商務公司的掌門人——王志東、張朝陽、丁磊、王峻濤和馬雲，這是當時公認的互聯網界的明星創業家。

西湖論劍一共連續舉辦了五屆。

第二屆受邀的有六人，除了馬雲、張朝陽和丁磊之外，新浪的王志東已因業績不佳被董事會驅逐，代替他來的是茅道臨，王峻濤儘管來了，但是也已被迫離開了危機中的八八四八，新增加的一位是盈科旗下的Tom.com的行政總裁王兟。到了二〇〇二年，由於三大門戶網站還沒有從寒冬中徹底甦醒過來，掌門人們都拒絕與會，受邀來到杭州的五位嘉賓全數是新面孔：三七二一的周鴻禕、前程無憂的甄榮輝、聯眾的鮑岳橋、攜程網的梁建章，以及騰訊的馬化騰。他們被認爲是泡沫破滅後的倖存者，也是互聯網業界的「二線人物」，當時被稱爲「五小龍」。

到二〇〇五年的第五屆，邀請工作變得越來越困難，馬雲請來了美國前總統比爾・柯林頓，總算又把朋友們聚到了一起，這次論壇的主題是「天下」。事實上也是在這一年，中國的互聯網公司在本土全面超越國際同行，所謂「天下」，實指疆域之內的完勝。第五屆之後，「西湖論劍」，曲終人散。

今日重彈前塵舊事，實因本周剛剛在烏鎮結束的世界互聯網大會。從西湖到烏鎮，中國互聯網一路妖嬈，早已物是人非，說事論人，大抵有如下變數：

**從「邊緣英雄」到主流領袖——**

十四年前，中國影響力最大的商業領袖是柳傳志、張瑞敏、王石、倪潤峰以及李東生等人，幾乎全數聚集於製造業。舉辦於西湖邊的互聯網「論劍」只是邊緣地帶的一次自娛自樂，人們對馬雲等人的關注之和還不及對金庸大俠的一半。而到了烏鎮大會上，互聯網領袖無疑成爲當今中國最顯赫的人物，一言一行均足以聳動天下，他們中的一些人甚至成爲成功學價值觀的輸出者。

**從「組織者」到「被組織者」——**

十四年前，「西湖論劍」屬於純民間的自組織活動，何人參與、議題設計及言行表達，均行雲流水放任自由。而到了烏鎮大會，則已被完全納入政府部門的領導與規制之中，自BAT（百度、阿里、騰訊）以下諸人，無論財富多寡，都以「被組織者」的身份與會，總書記賀詞，總理致辭，排位列坐，井井有條，在這個意義上，中國互聯網的江湖時代渺然已遠。

**從失控製造者到寡頭維護者——**

凱文・凱利的失控學說在互聯網界被奉爲「聖經」，不過現實的中國互聯網卻早已成爲寡頭統治的世界，BAT勢力無人可以挑釁，其他如雷軍、周鴻禕諸君也以躋身寡頭俱樂部爲己任。在此次烏鎮大會上，所有的話筒時間幾乎都給了八到九位明星級企業家，對失控的歌詠實際上成為控制者捍衛既得利益的武器。

**利益切割替代破壞式創新——**

無論是電子商務平臺還是社交化網路平臺，中國互聯網目前的格局是楚河漢界，各自為戰，一線寡頭與垂直門類裡的領先者選邊結盟，互為倚重，其他的中小業者則分頭投靠，避免成為危石之卵。烏鎮大會被非常默契地開成了寡頭們的聯誼會，人們幾乎聽不到壟斷格局撕裂或被衝擊的聲音。

**資本意志覆蓋技術意志——**

中國的風險投資與互聯網血肉相連，誕生於茲，且得益於茲。但中國的風險投資集團從出現的第一天起，就帶有太濃烈的投機和掠食者的屬性，延至於今，資本對流量、變現、模式的癡迷已入魔境，而眞正願意投資於技術冒險的資本卻少乎又少，這一景象，在烏鎮比比皆是。

**互聯網冷戰思維赫然崛起——**

在烏鎮大會開幕前，方興東在《環球時報》發表《互聯網大會終結網路單極格局》一文，認為此次大會是「第一次以中國為主場圍繞網路空間治理為中心的全球性大會。可以說，本次會議的召開標誌著互聯網治理的單極時代開始走向終結」。在他的觀察中，「美國政府對互聯網超級能力的濫用，事實上成為全球互聯網治理的最大問題之一」，而中國互聯網的崛起正構成了直接對抗的一極。這種帶有強烈對峙和冷戰氣質的思維，在十四年前的西湖論劍時代是不可思議的。

在烏鎮召開的世界互聯網大會以輕喜劇的方式溫婉落幕，它其實與「世界」無關，也沒有留下太多讓人回味的細節，但它確乎傳達了某些非常鮮明的訊息，指向一個不再令人好奇的世界。

我記得，第五屆「西湖論劍」是在建成不久的凱悅大酒店舉行的，會場不大，鬧哄哄的到處擠滿了人。有一個討論網路遊戲的專場，一位女子站起來指著丁磊說：「我兒子玩網遊離家出走，我連殺你的心都有。」丁磊問：「你兒子玩的是什麼網遊？」答：「傳奇。」丁磊忙說：「那是陳天橋的。」滿場大笑。臺上爭論得很激烈，臺下的馬雲實在按捺不住，順手搬了把椅子就坐了上去。

而今，獻花的女娃好可愛，不過，那個鬧場的媽媽還在嗎？

那把椅子還在嗎？

# 如果乾隆與華盛頓在小吃店會面

隨著時間的推演，不同的遺產讓他們在歷史的天平上獲得了新的評價。

「如果乾隆與華盛頓在小吃店會面，會如何？」

如果我陡然這麼一問，你一定會犯個嘀咕，不知道怎麼回答。乾隆與喬治．華盛頓，一個留長辮子的古代皇帝，一個穿西裝的美國總統，他們怎麼可能碰到一起呢？

但是，糟糕的是，這眞的不是一個與「穿越」有關的問題。乾隆與喬治．華盛頓，是同時代人，而且都是在一七九九年去世的，乾隆死在年頭，華盛頓死在年尾。

爲什麼你會有「穿越」的感覺？道理其實很簡單：他們兩個人身上的現代性實在相差

太大了。大而言之，這也就是兩個國家的現代性。

乾隆號稱大帝。大清帝國前後延續了二百六十八年，總共有十個皇帝。康熙在位六十一年，雍正在位十三年，乾隆在位六十年（實際執政六十四年），從一六六一年到一七九九年，前後共一百三十八年，清朝的這三位皇帝在位時間占了清朝的一半，這段時期被稱爲「康乾盛世」。

然而站在人類發展史的角度上，這所謂的「盛世」實在是一個莫大的諷刺。十七世紀中葉以後，歷史開始跑步前進，速度達到了令人頭昏目眩的程度。其後的一百多年，正好是英國經歷了產業革命的全過程，新的生產力像地下的泉水，突然地噴湧出來。工農業產值成百倍、成千倍地增加。與此同時，政治文明的進步同樣迅猛，西方各國人民通過立憲制和「代議制」實現了對統治者的馴化，把他們關到了法律的籠子裡。

與西方相比，東方的情景則恰成對比。

清代的皇權專制尤勝於明代。明王朝取締了宰相制度，集獨裁於皇帝一身，不過它還有內閣制，大臣尚能公開議政。而到清代，則以軍機處取代內閣，將一國政事全然包攬在皇室之內，皇家私權壓抑行政公權，後之無復。

對於社會菁英，清代初期的政策是全面壓制。入關不久的一六四八年（順治五年），清廷就下令在全國的府學、縣學都樹立一塊臥碑，上面銘刻三大禁令：第一，生員不得言事；第二，不得立盟結社；第三，不得刊刻文字。違犯三令者，殺無赦。而這三條，恰好是現代人所要爭取的言論自由、結社自由和出版自由。清代以來，皇帝多次大興「文字獄」，使得天下文人戰戰兢兢，無所適從。《清稗類鈔》記載的一則故事最為生動：某次，雍正皇帝微服出遊，在一家書店裡翻閱書籍，當時「微風拂拂，吹書頁上下不已」，有個書生見狀順口高吟：「清風不識字，何必亂翻書。」雍正「旋下詔殺之」。雍正是乾隆的爸爸，在「文字獄」這件事情上，兒子比老子更起勁，有人統計了一下，康乾年間有一百八十多起重大的「文字獄」事件，其中七成是乾隆帝幹的。

一七九九年，就在世紀交替的前夜，八十八歲的乾隆在紫禁城養心殿安詳駕崩了。當他去世時，沒有一個人會料想到，帝國盛世的幻象將在短短的四十年後就被擊破。乾隆當了六十年的太平皇帝，史上執政時間第二長，僅次於他的爺爺康熙，他留給兒子嘉慶兩個重要的遺產：一是百年康乾盛世的巨大光環；二是中國歷史上的第一大貪官，也是當時的全球首富和珅。

和珅是乾隆晚年最信任的大臣，也是空前絕後的貪污高手。有學者考據，乾隆執政最後五年的稅收被他貪掉了一半。乾隆駕崩十五天後，嘉慶就以「二十大罪」，把和珅給賜死了。嘉慶查抄和家，共得令人驚詫的八億兩白銀，當時清廷每年的稅收約為七千萬兩，和珅的財產竟相當於十餘年的國庫收入，人稱「和珅跌倒，嘉慶吃飽」。

一個人，既是國家的首相，又是國家的首富——我們不妨稱之爲「雙首現象」，大抵是中央集權到了登峰造極的惡質時期才可能出現的「超級怪胎」。和珅是史上最典型的「雙首」樣本。「雙首」人物的出現必基於兩個前提：第一，政府權力高度集中，權錢交易的土壤相當豐腴；第二，貪污必成制度化、結構性態勢，整個官吏階層已朽不可復。清朝自乾隆之後，綱常日漸敗壞，民間遂有「三年清知府，十萬白花銀」的讖語。

在地球的另一端，喬治．華盛頓去世的時候，留下的是另外一份遺產。

他領導了一場獨立戰爭，讓北美地區擺脫英國統治，成爲一個獨立的國家。他本有機會做一個皇帝，至少是終身制的獨裁者。可是，他卻選擇當一個民主選舉出來的總統，並在兩屆任期結束後，自願放棄權力不再續任。他主持起草了《獨立宣言》和《美利堅合衆國憲法》。在後一部文件中，起草者宣佈，制定憲法的目的有兩個——限制政府的權力和保障人民的自由。基於這個目的，國家權力被分爲三部分——立法權、行政權和司法權，這三部分權力相互之間保持獨立，這就是現代民主社會著名的三權分立原則。

在一七九九年，乾隆的名聲、權力和財富都遠遠地大於喬治．華盛頓，可是，隨著時間的推演，不同的遺產讓他們在歷史的天平上獲得了新的評價。

如果乾隆與華盛頓眞的在小吃店見面了，我估計他們也眞的沒有什麼可以談的。如果談三權分立，他們會打起來；如果談「文字獄」，他們會打得更凶。

# 從汴梁到比薩有多遠？

從汴梁城到比薩城，到底有多遠？我們已經走到了嗎？

二〇一一年深秋，到義大利北部旅行，那裡的人說你必須抽出一點時間去一趟比薩城。那是一座非常優雅寧靜的小城，距離佛羅倫斯一個多小時的車程。我到了那裡，便跟所有的遊客一樣，直奔比薩大教堂，排隊去仰望那個非常著名的比薩斜塔——它已經被維修了整整十年，到了快收尾的階段。我跟一群五顏六色的人站在下面，想像一下五百多年前伽利略在塔頂上往下扔兩個鐵球的情景，然後心滿意足地離開。

車子離開的時候，我想起比薩城的另外一則往事。

一〇八五年，就在這個當時只有一萬多人的小城裡，出現了中世紀之後的第一次自由選舉，比薩市民通過公開選舉的方式，選出了管理城市的執行官，當時稱爲理事。在歐洲近代史上，這意味著自由城市的誕生，是歐洲走出中世紀的重要標誌之一。

從十一世紀開始，大量失地的歐洲農奴紛紛逃離封建領主所控制的城堡莊園，來到沒有人身管制的城市。根據當時的歐洲法律，他們只要在城市裡居住滿一年零一天，就可以自動地成爲「自由民」。

城市自治是商業自由的土壤，自由成爲新生的市民階級的合法標籤，他們在這裡經商，並嘗試著建立自治機關，比薩城的自由選舉就是在這樣的背景下發生的。從此，義大利全境逐級進入城市分治的時期。

在這些獨立的城市裡，工商業者作爲新興成長的階層順理成章地控制了城市經濟，進而逐漸掌握了管理市政的政治權力。到十二世紀時，舊的世襲貴族已經失去了政治勢力。一二一五年六月，英國國王與代表工商業利益的貴族們簽訂了《大憲章》，該文件在人類歷史上第一次限制了君主的權力。根據《大憲章》第六十一條的規定，由二十五名貴族組成的委員會有權隨時召開會議，具有否決國王命令的權力，並且可以使用武力。這是一個標誌性的法律事件，從此，「權力被關進了籠子」。十四世紀末，倫敦商人已經完全控制了城市的運轉，市長只可由十二個大行會裡選出。

具備了契約關係的城市自治權的確立，是歐洲走向現代社會的根本性路徑，而這一切發生正是從比薩選舉開始的。

話說一〇八五年，就在比薩市民熱熱鬧鬧地選舉執行官的時候，地球上最繁華的城市是東方的汴梁，也就是現在的河南開封。它擁有一百萬市民，規模、繁榮非任何一個歐洲城市可以比擬。這一年，宋神宗去世了，他支持的「王安石變法」眼瞧著走到了盡頭。

如果當時有報紙，讓宋人聽到比薩的選舉新聞，那一定是不可思議的。

相對於歐洲的這些新變化，宋代中國儘管擁有當時世界上規模最大、人口最多、商業也最繁榮的城市集群，但其在法治建設上卻開始落後了。在歐洲所出現的「自由民」、「自治城市」等法權思想，對於強調中央集權的中國而言，根本沒有萌芽的土壤。梁啓超在《中國文化史》中一針見血地指出：「歐洲各國，多從自由市擴展而成，及國土既恢，而市政常得保持其獨立，故制度可紀者多。中國都市，向隸屬於國家行政之下，其特載可征者希焉。」

一個名叫謝和耐的法國學者曾認爲，宋代已經出現了「中國近代曙光」。不過他又說：「這種在歐洲和遠東同時表現出來的突如其來的經濟活力的增大，卻導致了不同的結果。在歐洲，由於畫分成了衆多的轄區和政權，商人階級便足以自我維護。凡此種種都對西方世界的未來命運產生了重大影響。而在中國，儘管有了如此規模巨大的發展，但除去商人賺足了錢以外，卻什麼都沒有發生。」

從汴梁城到比薩城，到底有多遠？我們已經走到了嗎？

# 我們爲什麼特別仇富？

所謂「富不過三代」，並不僅僅因爲中國的商人沒有積累三代財富的智慧，更是因爲財富的積累必托庇於擁有者與政權的關係，而這一關係則必然是脆弱和不對等的。

一九八九年春，我背一行囊雲遊南方，從上海出發到江西永新縣，再坐哐當作響的綠皮小火車上井岡山。在茨坪，我找到袁文才之子。我們在一間泥坯房前聊天，我問他，你的父親當年爲什麼會把秋收起義的部隊引上山？他順手一指身後說，就是因爲牆上的這行字。

當時，夕陽西下，我舉頭猛一望，泥牆上、幾串暗紅的乾辣椒旁，赫然有六個大字，是六十年前的遺跡，當年應是紅漆刷就，現在已褪成灰色，不過字跡仍然醒目突兀：打土豪，分田地。

土豪者，擁有土地者之謂。把他們打倒了，平均分配其土地，就是農民革命的原始動力。那麼，這些土地擁有者的財富是合法所得，還是非法攫取？革命者從來不回答這個問題。

對富人的仇恨，似乎是人類的共同傳統。對工商從業者的蔑視，在相當長的歷史時期曾經是東西方世界的「共識」。哈耶克在《致命的自負》一書中說：「對商業現象的鄙視，對市場秩序的厭惡，並非全都來自認識論、方法論、理性和科學的問題，還有一種更晦暗不明的反感。一個賤買貴賣的人本質上就是不誠實的。財富的增加散發著一股子妖邪之氣。」

當然，自工業革命之後，西方世界開始正視商業的力量，有人對資本主義的正當性進行了理論上的澄清。然而，在東方，特別是在中國，哈耶克所描述的仇富現象仍然頑固地存在。

這是什麼原因造成的？

是中國的商人比其他國家的商人更爲卑劣和狡詐嗎？

是他們更沒有誠信和社會責任嗎？

是中國這個國家的進步和穩定不需要商人階層的參與嗎？

答案似乎不在這裡。在我看來，仇富情緒的濃烈，是因爲中國有一個特別不健康的營商環境。細數兩千年商業史，最會賺錢的人主要是兩類：一是貪官，二是向政府尋租的商人。

貪污是一個傳統。中國的歷代政府都推行國有專營制度，國家掌握了大量的資源性產業，同時設立國有企業體系。因產權不清晰、授權不分明等緣故，這一制度一定會誘生出權貴經濟，當權者以國家的名義獲取資源，以市場的名義瓜分財富，上下其手，攫取私利。

與此同時，天性趨利的民間商人通過尋租的方式進入壟斷產業以牟取暴利，從而催生出一個制度性的官商經濟模式。商人階層對技術進步缺乏最起碼的熱情和投入，成爲一個徹底依附於政權的食利階層。

還有一個重要的原因是，中國的有產者從來沒有在法理和制度層面上確立私人財產所有權不容統治權力侵犯的權利，相反，從統治階層到知識界均認爲，對富有者的剝奪帶有天然的合法性與道德威勢，是維持社會穩定、「均貧富」的必然要求。

正是在這種不健康的制度環境之下，社會心態的扭曲便成了當然之勢。基層民眾對富有者恨之入骨，認爲「爲富者必不仁」，「殺富者即濟貧」。而那些得到財富的人，也惶惶不可終日。

二千年來，中國商人創造了無數物質文明，某些家族及商幫在某一時代也積累過驚人的私人財富。可是，他們從來沒有爭取到獨立的經濟利益和政治地位，也不能在法理上確立自己的財產所有權不容統治權力侵犯。所謂「富不過三代」，並不僅僅因為中國的商人沒有積累三代財富的智慧，更是因爲財富的積累必托庇於擁有者與政權的關係，而這一關係則必然是脆弱和不對等的。在財富傳承這一命題上，產業的拓展和資本積聚能力，遠不如保持政商關係的能力重要。

所以，在中國，要化解仇富情緒，僅僅簡單地呼喚基層民衆理性看待有錢人，或者要求有錢人多做一些慈善，是遠遠不夠的。

# 玉石爲何比鵝卵石更值錢？

儒家的孔孟雖然積極入世，但是在經濟制度上一味以復古爲目標，幾乎沒有太多的系統性思考，與法家、墨家乃至農家、雜家相比，儒家的經濟理論體系可謂是最爲薄弱的。

「一塊玉石爲什麼比一塊鵝卵石更值錢？」

在「吳曉波頻道」裡提出這樣的問題，是不是顯得很弱智？不過在我們這個國家，這其實是一個嚴肅的問題。當年，偉大的孔子和他的學生子貢就曾經很認眞地討論過。在《荀子·法行篇》中就記錄了師徒倆討論玉石爲什麼比較貴的一段對話。

問題是孔子提出來考子貢的。

子貢同學這樣回答：「君子爲什麼貴玉而賤珉？因爲玉比較少，而珉（是一種低檔次的玉石）比較多。」

聽了這個回答，孔老師很不以爲然。他神情嚴肅地說：「夫君子豈多而賤之少而貴之哉！夫玉者，君子比德焉。」翻譯成白話文就是：「君子怎麼可能因爲繁多而賤棄某一東西，又因爲稀少就珍貴某一東西呢？玉之珍貴，是因爲君子把它看成道德的象徵呀。」

接著他洋洋灑灑地說了玉的「七德」：「溫潤而澤，仁也；栗而理，知也；堅剛而不屈，義也；廉而不劌，行也；折而不撓，勇也；瑕適並見，情也；扣之，其聲清揚而遠聞，其止輟然，辭也。」孔老師所謂的「玉之七德」，現在常常出現在各大珠寶企業的廣告上。

聽了孔老師的話後，子貢同學是否心服口服，不得而知。

子貢是七十二賢徒中最富有的人，孔子周遊列國，花的大多是他的錢。《史記・仲尼弟子列傳》記載：「子貢好廢舉，與時轉貨資……家累千金。」「廢舉」的意思是賤買貴賣，「轉貨」是指「隨時轉貨以殖其資」，翻譯成白話就是：子貢依據市場行情的變化，賤買貴賣從中獲利，以成巨富。對於這樣一位從事流通業的成功商人來說，他對玉與鵝卵石的價值判斷也許眞的與老師有很大的差別。

孔子與子貢這段對話，在歷代道德家看來，當然可以讀出孔老師的學識高妙，相比，子貢的觀點就太銅臭了點。然而在經濟學家看來，似乎還是學生子貢說得有道理，因爲他就物論物，直接道出了「物以稀爲貴」的樸素真理。在先秦時期，諸子百家往往把商品的價值與價格混爲一談，子貢似乎無意識地將之進行了分辨。因此，經濟史學家胡寄窗便評論說：「在缺乏價值概念的初期儒家的經濟思想體系中，子貢能第一次接觸到價值問題，值得稱述。」

從這段對話也可見，統治了中國人民思想長達二千年之久的經典儒家，在經濟理論上是多麼的羸弱和混亂。

先秦的諸子百家，除了法家有兼濟天下的理念之外，其餘諸子都是小國寡民的思想產物，其中，對後世影響最大的儒家和道家尤其如此。道家的黃老、莊子以清心寡欲爲生命訴求，全面排斥權力管制，而儒家的孔孟雖然積極入世，但是在經濟制度上一味以復古爲目標，幾乎沒有太多的系統性思考。與法家、墨家乃至農家、雜家相比，儒家的經濟理論體系可謂是最爲薄弱的。更糟糕的是，儒家以談論利益爲恥，所謂「君子喻於義，小人喻於利」，到了漢代，董仲舒更提出「夫仁人者，正其誼不謀其利，明其道不計其功」。不求功利的思想原無所謂好壞，但是到了治國的層面上，卻顯得非常的可笑。其實，歷代統治者早已隱約發現了其中的軟肋，故有治國需「霸王道相雜」的體會，後世中國出現「表儒內法」的狀態，與儒家在經濟思想上的貧乏與羸弱是分不開的。

近年以來，新儒學的興起已蔚為可觀，不但民間喜讀《論語》，學界更是新論百出，頗有老樹新枝的景象。

一些美國及臺灣的學者試圖證明儒家的千年倫理傳統貫穿著強烈的濟世情結，儒家的衆多倫理概念——如「均貧富」、「修身齊家治國平天下」、「達則兼濟天下，窮則獨善其身」、「先天下之憂而憂、後天下之樂而樂」，等等——與現代工商精神有天然的契合點。余英時在多篇論文中證明，儒家與生俱來的入世價值觀與馬克斯・韋伯所謂的新教倫理有異曲同工之處。因此，不需要證明中國也有新教倫理或資本主義萌芽，而只需承認中國史的特殊性。杜維明甚至認爲，只有儒家倫理才能解決當前的資本主義危機，儒家主張「天人合一」，它的人文精神是全面的，不是單一的。它突出人和自然的協調，以「和而不同」的原則處理人與群的關係，對過分強調科學主義、效率、自由的西方價值觀是一個反駁。

不過，有一個問題始終沒有人解答：如果余英時和杜維明的立論成立，儒家倫理與現代工商精神有天然的契合之處，爲什麼中國的現代化仍然如此艱難？玉石爲何比鵝卵石要貴的問題，到現在仍是一個問題。

# 科斯與儒家

「中國二千年來，以道德代替法制，至明代而極，這就是一切問題的癥結。」

有兩塊相連的土地，二者地主不同，一塊用作養牛，另一塊用作種麥。因爲牛群常常跑到麥地去吃麥，給麥地的主人造成了損害。應該如何解決這個糾紛呢？

稍稍熟悉經濟學的人都知道，這個故事的提出者是美國經濟學家羅納德・科斯（Ronald H. Coase），他由此推導出著名的科斯定律（又稱「不變定律」，Invariance Theorem）。科斯經過一系列的推導，得出的結論是：只要養牛地主和種麥地主的權利有清楚的界定，那麼，他們之間就可以根據市場收益來確定是讓牛吃麥，還是保護麥場少養牛，然後協商利益分配。

科斯據此提出「權利的界定是市場交易必要的先決條件」，他因這一發現而獲得了一九九一年的諾貝爾經濟學獎。

現在我們換一個角度來提出問題：如果科斯所描述的情況發生在傳統中國，儒家將怎樣解決這個糾紛？

儒家絕對不會採取科斯的做法，因爲在儒家看來，你養的牛跑到別人的麥田裡去吃麥，顯然是沒有道德的事情，所以，能約束住牛的地主就是有道德的人，反之他就有道德上的瑕疵。要解決這個糾紛，唯一的辦法是道德約束，「井水不犯河水」。在如此的教化下，養牛地主和種麥地主將各自約束，畫疆相處，他們的道德因此得到昇華，可是既定資源下的產出潛力則被完全地壓制了。

換而言之，儒家的做法是「己所不欲，勿施於人」，而科斯的做法是「己所欲，施於人」。

前者思考的起點是「有序前提下的道德約束」，後者則是「規範前提下的效益產生」。

我們可以把這兩者的不同抉擇，看成東西方商業文明的分野。在儒家倫理之下，道德替代了市場，社會得以在低效率的水準上保持穩定；而在科斯主義之下，業主的產權得到保護，在此基礎上，資源市場化的自由交易得到鼓勵。

事實上，科斯的這一推斷是長期思想進步的結果，更早時期的馬克斯・韋伯就在自己的著作中，將「人被賺錢動機所左右，把獲利作爲人生的最終目的。在經濟上獲利不再從屬於人滿足自己物質需要的手段」，視爲資本主義的一條首要原則。他引用美國思想家富蘭克林——他同時是一位企業家和一位政治家——的觀點認爲：「個人有增加自己的資本的責任，而增加資本本身就是目的。」這從根本上認同了企業家職業的正當性和獨立性。

韋伯進而認爲，資本主義的經濟行爲「首先是依賴於平等的獲利機會的行爲，其次根據理性的要求，其行爲要根據資本核算來調節，並且以貨幣形式進行資本核算」。而這一過程要得以順利進行，則需要理性的法治保障，「獨立健全的法律和訓練有素的行政人員組成的政治聯合體是構成資本社會的主導體」。

馬克斯・韋伯所提出的這些思想，在儒家倫理傳統中都尋覓不到。

中國是全世界最早進行職業分工的國家，早在西元前八世紀就有了「士農工商，四民分業」，可是卻在私人產權的認定上，掉進了「道德的陷阱」。當年讀黃仁宇的《萬曆十五年》，便見他在此處找到了問題的關節：「中國兩千年來，以道德代替法制，至明代而極，這就是一切問題的癥結。」

「地方官所關心的是他們的考核，而考核的主要標準乃是田賦之能否按時如額繳納，社會秩序之能否清平安定。扶植私人商業的發展，則照例不在他們的職責範圍之內。何況商業的發展，如照資本主義的產權法，必須承認私人財產的絕對性。這絕對性超過傳統的道德觀念，就這一點，即與『四書』所倡導的宗旨相悖。」

為什麼「承認私人財產的絕對性與『四書』所倡導的宗旨相悖」？

承認私人的產權，就相當於承認人性的自私，不符合「人之初，性本善」的儒家倫理，即具有了道德的「不潔」。儒家看來，社會治理的最佳模式，就是用道德倫理來調節衝突，用禮義廉恥來強調秩序，再加上嚴酷的國法族規體系。

美國經濟史學家、也是諾貝爾獎得主的道格拉斯・諾斯曾言：西方超過中國、印度等東方文明古國，並非是由於技術進步，真正的動力是產權保護，特別是對企業產權、智慧財產權以及繼承權的保護，由此創造了西方文明。

這真的是一個具有極端諷刺性的事實：中國人是世界上最注重現世享樂的民族，也是各種族中唯一可與猶太人在商業天賦上匹敵的民族，但是卻在公共意識上缺乏對私人產權的保護意識，並進而對財富本身抱持了一種奇怪的「潔癖」。

# 官商是一些怎樣的「大怪物」？

如果制度沒有得到根本性的改革，那麼，一個官僚資本集團的倒塌往往意味著另外一個官僚資本集團的崛起。

研究中國企業史，就一定要碰到「官商經濟」。當過北京大學校長的傅斯年把官商稱為「大怪物」。從晚清到民國，出現了三個很著名的「大怪物」，他們是胡雪巖、盛宣懷和孔祥熙、宋子文家族。他們均為當時的「中國首富」，身份亦官亦商，是為「紅頂商人」，其財富累積都與他們的公務事業有關。若要進行比較，我們可以看到五個特點：

第一，胡雪巖在資產關係上還是比較清晰的，他的財富大多來自為左宗棠採辦軍購，從中暗吃回扣。到了盛宣懷就官商難分了，用當時人對他的議論便是「挾官以凌商，挾商以蒙官」。而至孔、宋一代，則是公開分立，私下自肥，甚至以國家名義收購，以私人身份瓜分。

第二，他們在國家事務中擔任職務的重要性也是日漸持重。胡雪巖不過是一個從二品頂戴的掛名道員；盛宣懷已是實授的一品大臣；孔、宋更是一國行政之首腦，兩人主管國家財政前後整整二十年。胡、盛及孔、宋的資產，一個比一個龐大，而且斂聚的效率越來越高。

第三，制度化特徵越來越明顯。如果說胡雪巖的化公爲私還是盜竊式的，那麼，盛宣懷就已經演進到股份化了，而到孔、宋手上，則是手術刀式的精緻切分。孔、宋更善於利用宏觀經濟制度的設計和執行爲自己謀私，每一次的經濟危機、重大經濟政策變革、重要發展機遇，都是他們獲取財富的最佳時機。孔、宋財富最暴漲的時候正是國難民困的八年抗戰時期。

第四，資產的增加呈金融化趨向。胡、盛的財富大多以實業的形態呈現，在某種意義上，他們的財富來自於社會增量。而孔、宋則對實業毫無興趣，他們以金融家的手段直接從存量的社會資產——無論是國有資本、民營資產還是國際援助——中進行切割，因此，他們對經濟進步的貢獻更小，正當性更差，引起的民憤也更大。

第五，所得財富均「一世而斬」。因爲資產積累的灰色性，導致這三大官商家族的社會名聲毀大於譽，在其晚年以及身後往往面臨重大的危機。胡雪巖一旦失去左宗棠的庇蔭馬上財盡人亡，盛宣懷的財產在清朝滅亡後遭到查封，孔、宋兩人更成爲人人喊打的「國賊」。

通過這三個案例的遞進式爆發，我們不得不說，自晚清到民國，國營壟斷力量的強化以及理性化構建成爲一種治理模式，也正因此，與之寄生的官僚資本集團也越來越成熟和強悍。所以，如果不能從制度根本上進行清算，特別是加強經濟治理的市場化、法治化和民主化建設，那麼，官商模式的杜絕將非常困難。

說到這些「大怪物」，大家都會想到一個問題：難道他們天生就是一些嗜錢爲命的人嗎？爲什麼商業的「惡素質」在他們身上會那麼顯著？在中國的輿論界和經濟思想界，對官商式人物的批判往往趨於道德化譴責，而很少從制度層面進行反思和杜絕。

曾經當過國民政府上海市市長、臺灣省省長的吳國楨在《吳國楨的口述回憶》一書中說，按照政府的有關法令來說，孔、宋的豪門資本所做的一切都是合法的，因爲，法令本身就是他們自己制定的。比如，當時沒有人能得到外匯（因申請外匯需要審查），但他們的人，即孔的人是控制財政部外匯管理委員會的，所以能得到外匯。吳國楨是普林斯頓大學的哲學博士，他的話很平實，卻刨到了官商模式的根子。

還有一個十分隱密的、必須警惕的現象是，每一次對官僚資本集團的道德性討伐，竟可能會促進或者被利用為國家主義的進一步強化。人們在痛恨官僚資本的時候往往是以國有資本的流失為對照的，所以在痛批中往往會忽略兩者的互生結構。如果制度沒有得到根本性的改革，那麼，一個官僚資本集團的倒塌往往意味著另外一個官僚資本集團的崛起。在二十世紀四〇年代中後期，孔宋集團被清理後，國民政府的貪腐現象並未被改變，甚至有變本加厲的趨勢，最終成為其政權覆滅的重要誘因之一。在某種意義上，對官商模式的反思與清算，迄今尚沒有眞正破題。

# 日本人爲何以「邊境人」自居

因爲是邊境人，因爲「世界的中心」不在我這裡，所以對於日本人來說，便沒有什麼可以失去的了。

這個世界上，如果說有哪個國家的人民最喜歡研究自己的國民性，大概就是日本人了。在當今的日本，正流行一個新的國民稱謂，他們管自己叫「邊境人」。學者內田樹在幾年前出版了一部薄薄的《日本邊境論》，他在書中是這樣下定義的：在日本人的意識中，所有的高等文化都是其他地方創造出來的，因爲作爲世界中心的「絕對價值體」不在自己這裡，所以日本人總是基於這種距離意識來決定自己的思維和行爲。

內田樹舉了很多事例以證明邊境人意識的存在。

比如文字。日本列島原本是一個只有聲音而無文字的社會，後來漢字傳入日本，日本人根據漢字發明了兩種類型的新文字。然而有趣的是，外來的漢字被稱爲「眞名」，而日本人自己發明的文字則被稱爲「假名」，外來的東西佔據了「正統的地位」。這在其他國家和民族，似乎是難以想像的事情。

因爲是邊境人，因爲「世界的中心」不在我這裡，所以對於日本人來說，便沒有什麼可以失去的了。

再舉兩個讓大家吃驚的例子。

一八九三年，日本文部省想仿效西方各國，編一首歌供國民在重大節慶時詠唱，歌詞是從《古今和歌集》中找了一首《賀歌》加以改造，歌曲則是由英國公使館的軍樂隊隊長約翰·芬頓初創，然後又請德國人佛朗茨·埃克特編曲。也就是說，日本國歌的曲作者不是日本人。

到了一九四五年，日本戰敗，駐日盟軍司令部想要爲日本擬定一部新憲法，於是，他們參照《人權宣言》、《獨立宣言》、《威瑪憲法》和《蘇聯憲法》等，擬定了新的日本憲法。也就是說，現行的日本憲法不是日本人「根據自己的歷史經驗，集中了國民的智慧，經過長期努力形成的統一的國民意志」，它只是「戰敗的結果」。

但是，今天的日本人沒有改變上述任何一項的打算，這並不妨礙他們是全球最強大的經濟國之一，也不妨礙他們擁有獨一無二的文化和國民特徵。這就是我們不瞭解的、以「邊境人」自居的日本人。

多年以來，不少中國學者一直沒有放棄對日本的蔑視，他們常常津津樂道地引用法國東方學家伯希和（一八七八——一九四五）的一個論調，伯氏將日本學術蔑稱爲「三餘堂」——文學竊中國之緒餘，佛學竊印度之緒餘，各科學竊歐洲之緒餘。而很少有人反思，爲何日本以「三餘」之功竟能成就百年的興盛，以一蕞爾小島而爲全球重要經濟體？

在進行近代企業史的研究中，我一度無法回答一個問題：在十九世紀六〇年代，中國與日本同時展開了工業化運動，前者稱爲洋務運動，後者則是明治維新。那麼，爲什麼伊藤博文等人在接觸了極其少量的資訊之後，就迅速地作出了「脫亞入歐」的決定，而李鴻章、張之洞則堅持「中學爲體，西學爲用」？

現在似乎可以找到答案了——

在伊藤博文看來，他們本來就是亞洲的邊境人，「脫亞入歐」無非是從一種邊境人成爲另外一種邊境人而已，沒有什麼了不起的。

但是，對李鴻章等人來說，要放棄的東西就實在太多、太沉重了。李中堂曾言：「中國文武制度，事事遠出西人之上，獨火器萬不能及。」這一判斷的思想本源，隱約正來自於「文明中心」的自信。

在相當長的時間裡，邊境人意識讓日本人表現出了十分獨特的行為模式。比如：日本遇到比自己強大的對手時，便會展現出毫無顧慮的親密或者說毫無防備的心；「當面服從，背後不服」是日本人擅長的本領之一，也是獨一無二的生存戰略。用岡田樹的話說，這些已經成為國民性的一部分，對此我們無能為力，所以，既然這樣了，那不如「邊境到底」吧。

「邊境到底」的人民共識，使得日本產生了兩大能力：第一，敢於吸取一切強者的智慧，在不斷求變中尋求生存的空間；第二，因自卑而自戀，由自戀而自傲，最終構成一種識別性極其強烈的民族稟性。

在哲學的意義上，邊境人意識與中國道家的「無」，有神近之處。無論是國家競爭還是企業競爭，如果一個族群永遠堅定地、「自甘」立足於邊境的話，那麼，它幾乎就是很難被眞正征服的——它因為沒有被征服的意義，而變得不可征服。

中國有這樣的一個鄰居，是多麼讓人敬畏並生的事情。

# 「歷史沒有什麼可以反對的。」

**對於一個國家而言，任何一段歷史，都是那個時期的國民的共同抉擇。**

一九五九年春，時任團中央書記的胡耀邦到河南檢查工作。一日，他到南陽臥龍崗武侯祠遊覽，見殿門兩旁懸掛著這樣一副對聯：「心在朝廷，原無論先主後主；名高天下，何必辨襄陽南陽。」胡耀邦念罷此聯後，對陪同人員說：「讓我來改一改！」說完，他高聲吟誦：「心在人民，原無論大事小事；利歸天下，何必爭多得少得。」

歷史在此刻穿越。兩代治國者對朝廷與忠臣、國家與人民的關係進行了不同境界的解讀。

中國是世界上文字記錄最為完備的國家，也是人口最多、疆域最廣、中央集權時間最長的國家之一，如何長治久安、如何保持各個利益集團的均勢，是歷代治國者日日苦思之事。兩千餘年來，幾乎所有的政治和經濟變革均因此而生，而最終形成的制度模式也獨步天下。

在過去十年裡，我將生命中最好的時間都投注於中國企業歷史的梳理與創作。在二〇〇四年到二〇〇八年，我先是完成並出版《激蕩三十年》上、下卷，隨後在二〇〇九年出版《跌蕩一百年》上、下卷，在二〇一一年年底出版《浩蕩兩千年》，在二〇一三年八月出版《歷代經濟變革得失》，由此，完成了從西元前七世紀「管仲變法」到本輪經濟改革的整體敘述。

就在我進行著這個漫長的寫作過程之際，我們的國家又處在一個重要的變革時刻。三十多年的改革開放讓它重新回到了世界舞臺的中央，而同時，種種的社會矛盾又讓每個階層的人們都有莫名的焦慮感和「受傷感」。物質充足與精神空虛、經濟繁華與貧富懸殊、社會重建與利益博弈，這是一個充滿了無限希望和矛盾重重的國家，你無法「離開」，你必須直面。

如果把當代放入兩千餘年的歷史之中進行考察，你會驚訝地發現，正在發生的一切，竟似曾相遇，每一次經濟變法，每一個繁華盛世，每一回改朝換代，都可以進行前後的印證和邏輯推導。我們正穿行在一條「歷史的三峽」中，它漫長而曲折，沿途風景壯美，險灘時時出現，過往的經驗及教訓都投影在我們的行動和抉擇之中。

我試圖從經濟變革和企業變遷的角度對正在發生的歷史給予一種解釋。在這一過程中，我們將一再地追問這些命題——中國的工商文明爲什麼早慧而晚熟？商人階層在社會進步中到底扮演了怎樣的角色？中國的政商關係爲何如此僵硬而對立？市場經濟體制最終將以怎樣的方式全面建成？在「中國特色」與普世規律之間是否存在斡旋融合的空間？

我的所有寫作都是爲了一一回答這些事關當代的問題。現在看來，它們有的已部分地找到了答案，有的則還在大霧中徘徊。

我不能保證所有的敘述都是歷史「唯一的眞相」。所謂的「歷史」，其實都是基於事實的「二次建構」，書寫者在價值觀的支配之下，對事實進行邏輯性的鋪陳和編織。我所能保證的是創作的誠意，二十世紀六〇年代的「受難者」顧準在自己的晚年筆記中寫道：「我相信，人可以自己解決眞善美的全部問題，哪一個問題的解決，也不需乞靈於上帝。」他因此進而說：「歷史沒有什麼可以反對的。」既然如此，那麼，我們就必須拒絕任何形式的先驗論，必須承認一切社會或經濟模式的演進，都是多種因素——包括必然和偶然——綜合作用的產物。

對於一個國家而言，任何一段歷史，都是那個時期的國民的共同抉擇。很多人似乎不認同這樣的史觀，他們常常用「被欺騙」、「被利用」、「被蒙蔽」等字眼來輕易地原諒當時的錯誤。然而，我更願意相信易卜生說過的一句話：「每個人對於他所屬於的社會都負有責任，那個社會的弊病他也有一份。」

# 再也不會有杜拉克了

**世上還會再出現這樣的傳奇嗎？還會再出現一位管理思想家敢於挑戰全球最大公司，而他的努力最終又被證明是正確的？他有這樣的際遇、功力、勇氣和好運氣嗎？**

二〇〇五年十一月十一日，當彼得．杜拉克在酣睡中悄然去世的時候，與他同時代的那些偉大思想家正聚集在天堂的門口一起等待這位最後的遲到者。瑪律庫塞已經等了二十六年，沙特等了二十五年，福柯等了二十年，連長壽的卡爾．波普爾和哈耶克也分別等了十年和十三年，至此，二戰之後出現的思想巨人大多已成歷史。

聽到杜拉克去世的消息時，正是周末我去島上度假的路中，通報消息的許知遠在電話中還帶著一點哭腔。我的第一個反應是：「他走了之後，下一個該輪到誰來替我們思考管理？」斯圖爾特・克雷納在《管理大師五十人》中寫道：「杜拉克在世的這些年來，管理者們只有一件事可做，那就是思考或面對他在書中沒有寫到的問題。」他的去世，的確會讓一些人大大地舒一口氣，一個巨人倒下後，不僅留出一大片空曠的天地，更是平白多出了一個研究這位巨人的學科。

在管理界，杜拉克的後繼者們似乎已經排成了隊，湯姆・彼得斯、錢匹、哈梅爾、柯林斯乃至日本的大前研一，他們更年輕、更富裕、更有商業運作的能力，他們的思想有時候更讓人眼花目眩。但是，當大師真正離去的時候，我們卻還是發現，再也不會有杜拉克了。

再也不會有杜拉克了，再也不會有人像他那樣，能夠把最複雜的管理命題用如此通俗市井的語言表達出來。

當年，傑克・威爾許出任通用電氣總裁伊始，他去求見杜拉克，諮詢有關企業成長的課題。杜拉克送給他一個簡單的問題：假設你是投資人，通用電氣這家公司有哪些事業，你會想要買？這個問題對威爾許產生了決定性的影響。經過反覆思考，威爾許作出了著名的策略決定：通用電氣旗下的每個事業，都要成爲市場領導者，「不是第一，就是第二，否則退出市場」。

每一個企業家碰到杜拉克都會問一個與自己產業有關的問題。而杜拉克卻告訴大家：「企業家首先要問自己：我們的業務是什麼？」這好像是一個再簡單不過的問題了，但是這卻是決定企業成敗的最重要的問題。要回答這個問題，企業家首先必須回答：誰是爲我們提供「業務」的人？也就是說，誰是我們的顧客？他們在哪裡？他們看中的是什麼？我們的業務究竟是什麼？或者說，我們應該做什麼？怎麼做？不做什麼？這樣的追問，它的終極命題便是：如何構築「企業的戰略管理」。

杜拉克是一個善於把複雜問題簡單化的人，但這還不是他的思想最迷人的地方。杜拉克之所以是一個偉大而不僅僅是一個優秀的管理思想家，是因爲他終生在考問一個看上去不是問題的問題：「企業是什麼？」一九九二年，他在接受《華爾街日報》的一次專訪中再次提醒說：「企業界到現在還沒有理解它。」

他舉了鞋匠的例子。他說：「他們認爲一個企業就應該是一台掙錢的機器。譬如，一家公司造鞋，所有的人都會對鞋子沒有興趣，他們認爲金錢是眞實的，其實，鞋子才是眞實的，利潤只是結果。」我不知道別人讀到這段文字時是什麼感受，至少我是非常的感動。從這句話開始我覺得自己似乎觸摸到了管理的核心。也許我們眞的太漠視勞動本身了，我們只關心通過勞動可以獲得多少金錢，卻不太關心勞動本身及其對象的意義。世界上之所以需要鞋匠，是因爲有人需要鞋，而不是因爲鞋匠需要錢。

再也不會有杜拉克了，再也不會有人像他那樣，用手工業的方式來傳播思想。

這在杜拉克那一輩人中，是一個傳統。他一生研究大公司，但他自己的機構卻只有一台打字機、一張書桌，也從來沒用過一名秘書。他半輩子住在一個小城鎮上，似乎是為了抵抗機構和商業對思想的侵擾。在一封公開信中，他抱歉地寫道：「萬分感謝你們對我的熱心關注，但我不能：投稿或寫序；點評手稿或書作；參與專題小組和專題論文集；參加任何形式的委員會或董事會；回覆問卷調查；接受採訪和出現在電臺或電視臺。」一九九四年，吉姆・柯林斯剛剛出版了《基業長青》。有一天，他受到杜拉克的邀請去共度一日。當時，柯林斯想創辦一間諮詢公司，名字就叫「基業長青」，杜拉克問他的第一個問題是：「是什麼驅使你這樣做？」柯林斯回答說，是好奇心和受別人影響。他說：「噢，看來你陷入了經驗主義，你身上一定充滿了低俗的商業氣息。」

再也沒有人會像杜拉克那樣說話了。今天的商業思想都已經被製造和包裝成一個個高附加值的「商品」，它包括學術研究——傳媒發佈——出版——巡迴會議，它們像一個自我滋養的關聯體和生產鏈，絲絲相扣，互為倚重，並能創造出足夠的利潤直至下一個新的思想誕生，在這樣的循環運作中便同時包裝出一位位智力超人、無所不知的「管理大師」們。而這個行業主要是由商學院、出版商和會議組織者們推動的，它們因為自身的利益訴求需要不斷有新的管理思想湧現。

今後，很少有人願意去思考杜拉克式的問題了，因爲它們太「淺白」，太缺乏「包裝」，開發周期過長而無法在短期內實現超額利潤。更多的管理思想將以速食的方式出現，一個叫休．邁克．唐納德的美國人曾經製作過題爲「一九五〇——一九九五，管理潮流的流行曲線」的圖表，這張圖表記錄了這四十五年間先後出現過的三十四種理論和潮流，從二十世紀五〇年代的決策樹到九〇年代的標準檢查。他的研究發現，在頭二十年只有九次管理潮流，而其餘的理論，除了分散管理，全部集中在一九八〇——一九九五年的十五年間，並且除了其中三個——不斷提高、學習型組織、流程再造和標準檢查——都誕生於二十世紀八〇年代，沒有哪個理論的持續時間超過一年或兩年。因發現「7S戰略」而著名的管理學家理查．帕斯卡曾經舉過一個發生在他身上的眞實事例：某年，他與一位紐約出版商洽談出版一本他最新研究成果的專著，出版商對他的選題表示出濃厚的興趣，在詢問了所有的細節之後，他最後問道：「但你能用一句話來概括嗎？」理查．帕斯卡沉思了好一會兒，說：「一句話恐怕不行，至少要用四句話。」出版商開始收拾桌上的文件，他建議理查．帕斯卡回去再好好想想。

如果說帕斯卡最終成不了杜拉克式的大師，這個例子可能就說明了一切。跟前者相比，杜拉克成名的那個時代似乎運氣更好一點。

一九四六年，三十七歲的彼得．杜拉克完成了《公司的概念》。在此前的幾年裡，杜拉克受通用汽車的雇傭，對其組織結構進行案例研究，該書便是這一研究的結晶。在這一期間，通用汽車表示出極大的坦誠，它向杜拉克開放了所有公司文件，並允許他訪問公司的任何一位職員。而杜拉克爲了創作這個案例也下了大功夫，他花兩年時間訪問了通用汽車的每一個分部和密西西比河以東的大部分工廠，進行了大量的考察和訪談工作，閱讀了浩瀚的、分爲不同機密等級的內部文件。在書中，杜拉克對通用汽車的管理模式及公司價值觀提出了致命的質疑。這部作品出版後，當即遭到了通用汽車的全面抵制。在此後的二十多年裡，公司拒絕評論，甚至閱讀這部作品。但是，時間卻讓杜拉克最終成爲勝利者。另一家汽車鉅子，福特汽車公司率先認識到了杜拉克的價值，這家在戰時市場競爭中完敗給通用汽車的老牌公司將《公司的概念》當作拯救和重建公司的藍本，在亨利・福特二世的領導下，十多年後，它迅速復興，重新回到了對等競爭的主戰場。

世上還會再出現這樣的傳奇嗎？還會再出現一位管理思想家敢於挑戰全球最大公司，而他的努力最終又被證明是正確的？他有這樣的際遇、功力、勇氣和好運氣嗎？

再也不會有杜拉克了。一九九三年的《經濟學家》評論說：「在一個充斥著自大狂和江湖騙子的行業中，他是一個眞正具有原創性的思想家。」這位管理學界唯一的百科全書式的大師創造了管理學，但最終他成爲這部熱播連續劇中的一個「符號」，每一集開始的時候，他總是會被播放一遍，所有的故事都將從此開始，然後讀者和播放者均不再回頭。

再也不會有杜拉克了。在今後五十年內，要取得杜拉克式的成功是困難的。我們且不說當代公司管理的課題已經越來越技巧化，商業思想的製造越來越商品化，單是就一個人的生命而言，那也困難到了極點——

它要求一個人在四十歲之前就完成他的成名之作，接著在隨後的五十年裡不斷有新的思想誕生（起碼每一年半出版一部新著），他要能夠每隔五年把《莎士比亞全集》從頭至尾重讀一遍，另外，最最困難的是，他要活到九十五歲，目睹自己的所有預言一一正確，而此前的一年，還能夠從容應對《華爾街日報》記者的刁鑽採訪。

# 大佬的黃昏——霍英東和他的時代

這一輩人從貧賤和戰火中赤腳走來，從來鄙棄文人，信仰勇武和權力，以直覺行商，以情義交人。早年搏命鑽營，縱橫政商，鐵腕弄權，無所不用其極；晚年看淡貧富，重情愛鄉，古道熱腸，祈望以善名留世。

## 一

記得二十餘年前，第一次去香港。導遊帶我遊歷港九各地，常常指著一個建築物告訴我，這是某某人的別墅，這是某某人的大廈，這是某某人投資的樓盤……在這些名字中，霍英東被數次提及，在太平山腰的某處小樓前，導遊神秘地說，這是霍某人當年存放武器的倉庫云云。

跟絕大多數的東南亞華商一樣，霍英東出身貧寒。在二十世紀二〇年代，香港還是一個偏冷的小漁港，霍英東出生在一艘逢雨必漏的小漁船上，父母終日捕撈爲生。幸運的是，他十三歲的時候被送進了當時香港英倫政府開辦的第一間官立學校。在那裡，他受到了全英式的教育。語言與文化的薰陶，使他成爲第一批與西方思想對接的華人少年。

他的創業史也是從最底層開始的，他當過鏟煤工、機場苦力、地下機車司機，稍稍有了一點積蓄以後，辦起了一家名叫有如的雜貨店。他賺到的第一桶金便與倒賣有關，抗戰勝利後，政府拍賣戰時剩餘物資，霍英東借了一百元參加投標，拍中一套一點八萬元的機器，一轉手就賺了二點二萬元。從此，他的人生就與貿易勾連在了一起。

霍英東嶄露頭角是在朝鮮戰爭時期。當時中美開戰，在美國的主導下，聯合國大會通過了對中國實施全面封鎖禁運的決議，內地物資空前短缺。香港作爲毗鄰內地的唯一自由港，儘管受到英國政府的嚴厲監控，但仍然是一條最可能的管道。余繩武、劉蜀永在《二十世紀的香港》一書中記錄道：「朝鮮戰爭給予香港人一個機會，就是暗中供應中國內地急需的物資，有些人就因走私而起家，今天可以躋身於上流社會之中。」一九九五年，霍英東在接受冷夏採訪時，第一次親口承認了當年的作爲，他說自己最早是從販賣柴油開始的，後來做過藥品、膠管，等等，但是「絕對沒有做軍火生意」。那段歷史至今籠罩在迷霧之中。一個可以確定的事實是，當年有衆多東南亞華商，或因爲愛國，或出於牟利，都積極地從事過向中國內地偷運物資的活動，印尼的林紹良是最大的肥皂和布匹販運商，而香港的包玉剛和霍英東則因此被美國政府列入「黑名單」。也許正是因爲這一段戰火情義，這些商人與中國政府結下了深厚感情，爲日後的商業往來奠下了基石。

二十世紀五〇年代後期，香港步入繁榮期，人口急劇膨脹，商業超級發達，房市、股市「花繁葉茂」，老一輩的港九鉅賈，其起家大多與兩市有關。新鴻基的創始人郭得勝在當年就有「工業樓宇之王」的稱號，恒基的李兆基人稱「百搭地王」，李嘉誠靠造樓神奇發達的故事更是廣爲人知。霍英東是最早入樓市的商人之一，他是第一個編印「售樓說明書」的地產商，也是「賣樓花」——分期付款的發明者。正是有了這種銷售方式，房地產才變成了一個普羅大衆都可以參與的投資行業。在這個迅猛成長起來的大市場裡，霍英東縱橫跌宕，出入從容，成爲盛極一時的「樓市大王」。據稱極盛之時，港九７０％的住宅房建設與霍家有關。

那是一個讓人神往的「香港時代」。整個世界進入二百年以來最長的和平時期。美國經濟呈現強大的引導力量。在東亞，中國正陷入計畫經濟和「文化大革命」的泥潭之中，日本隆隆崛起，韓國、新加坡及臺灣等「亞洲四小龍」相繼繁興。便在這種大格局中，香港以它絕佳的地理位置和微妙的政治角色，成爲遠東最具活力和成長性的自由港口和金融、物流中心。在這個時代裡，一個商人的命運往往是水漲船高，而其事業的格局大小，則與他所從事的行業有很大的關係。在三十多年裡，霍英東先後涉足香港房產、澳門娛樂業、船務運輸等領域，膽大心細，敢於一搏，在水深洋大處造大船、謀大業，自然成就了一番旁人不及的事業。

## 二

霍英東是所有香港商人中政治地位最高的人，也可能是中國內地知名度最高的香港商人之一，其得名並非因爲財富之巨，而是因其對中國改革事業的投入。

東南亞華商的崛起，一個非常顯赫的特點是「政商特徵」。菲律賓首富陳永栽靠與政府合辦捲煙公司而一時發達。印尼的林紹良更是「紅頂商人」的典範。他在印尼獨立戰爭期間，把一個名叫哈山·丁的獨立軍領導人在家裡藏了一年多，而此人正是印尼共和國第一任總統蘇加諾的岳父。憑藉這層關係，林紹良獲得了丁香進口專利權，繼而壟斷了印尼麵粉、水泥等行業的專營權。林家資產一度高達一百八十四億美元，在一九九五年名列富比士全球富豪榜的第六位。新中國成立後，東南亞鉅賈千方百計與北京拉近關係，當年便有不少商人將子弟送到北京少數幾家高幹子弟雲集的學校讀書，試圖以此埋下人脈的伏筆。印尼第二大財團金光集團董事長黃奕聰便曾將次子黃鴻年送到積水潭中學讀書，此人在一九九二年組建中策公司，倚靠當年積下的同學人脈，大面積收購國營企業，形成了轟動一時的「中策現象」。

跟林、郭等人相比，香港商人則表現得要含蓄很多。不過，因爲血脈的濃密及地緣的特殊，其緊密度則有過之而無不及。一九七八年，中國陡開國門，中央政府曾經希望借助外來資本改造近乎癱瘓的國民經濟，然而歐洲國家受經濟危機影響自顧不暇，美國資本高調而緩行，日本公司只肯提供二手設備，幾乎都不能指望，唯一可以借重的便只有近在眼前的香港商人們了。就是基於這樣的形勢，鄧小平將深圳闢爲特區，在華南開設多個開放視窗，而香港商人也不辱冀望，滿懷激情，紛紛躍躍欲試。霍英東們的時代在此刻展開新的翅膀。

一九七八年十月一日，香港首富李嘉誠出現在天安門的國慶典禮上。他是受到鄧小平的親自邀請，來參加國慶觀禮的。美聯社的記者觀察到，李嘉誠穿著一件緊身的藍色中山裝，不無局促地站在一大堆也同樣穿著中山裝的中央幹部身邊，天安門廣場是那麼的大，讓這個從小島上來的潮汕人很有點不習慣。從十一歲離開內地，這是他四十年來第一次回鄉。在幾年前，他還是一個被內地媒體批評的萬惡的資本家，現在已經成了被尊重的客人。來之前，他給自己定了「八字戒律」：「少出風頭，不談政治。」

回到香港，李嘉誠當即決定，在家鄉潮州市捐建十四棟「群衆公寓」，他在給家鄉人的信中寫道：「念及鄉間民房缺乏之嚴重情況，頗爲繫懷。故有考慮對地方上該項計畫予以適當的支持。」他要求家鄉媒體不要對此作任何的宣傳。兩年後，「群衆公寓」建成，搬進新房的人們將一副自撰的春聯貼在了門上，曰：「翻身不忘共產黨，幸福不忘李嘉誠。」此聯很快被記者寫成「內參」上報到中央，引起了一場不小的震動。

李氏舉動，在當年並非孤例。二十世紀八〇年代初期，大小港商如過江之鯽湧入內地，成爲經濟復興中最爲耀眼和活躍的一支，其初戰之功，不可抹忘。

一九七九年一月，五十六歲的霍英東開始與廣東省政府接觸，他提出要在廣州蓋一家五星級賓館——白天鵝賓館。他投資一千三百五十萬美元，由白天鵝賓館再向銀行貸款三千六百三十一萬美元，合作期爲十五年（以後又延長五年）。這是新中國成立後第一家中外合資的高級酒店，也是當時第一家五星級酒店。這期間還發生了一件「霍英東看裸畫，辨政策風標」的小趣事。霍回憶說：「當時投資內地，就怕政策突變。那一年，首都機場出現了一幅體現少數民族節慶場面的壁畫（指北京新機場落成時的大型壁畫《潑水節——生命讚歌》，作者爲畫家袁運生），其中一個少女是裸體的，這在國內引起了很大一場爭論。我每次到北京都要先看看這幅畫還在不在，如果在，我的心就比較踏實。」

霍英東建酒店，首先面臨的就是計畫體制造成的物質短缺問題。「一個大賓館，需要近十萬種裝修材料和用品，而當時內地幾乎要什麼沒什麼，連澡盆軟塞都不生產，只好用熱水瓶塞來替代。更要命的是，進口任何一點東西，都要去十來個部門蓋一大串的紅章。」後來，被折磨得「脫去人形」的霍英東終於想出了一個絕招，他先把開業請柬向北京、廣東及港澳人士廣爲散發，將開業日子鐵板釘釘地定死了，然後，他就拿著這份請柬到各個環節的主管部門去催辦手續。這一招近乎「無賴」的做法居然還眞生效了，工程進度大大加快。一九八三年二月，白天鵝賓館正式開業，當日酒店湧進了一萬多個市民。

蛇口工業區的首創者袁庚曾經講過一個很珍貴的細節。一九八一年，袁庚受命在蛇口開闢經濟特區，某日，霍英東、李嘉誠帶了十三位香港大企業家來蛇口參觀，霍在酒席間提出，他們對蛇口很有興趣，能否入股共同開發這塊土地。當時，袁庚不假思索地一拱手說：「謝謝諸公，我投放資金下去，還擔心收不回來，不敢連累各位。」此論在席間一提即過，再無覆議。晚年袁庚曾對媒體很遺憾地談道：「如果當初允許李、霍的入股，蛇口將被徹底地資本化，或許會獲得更大的經濟活力。」

這些往事都如秋風中的黃葉，飄搖入土，不復尋蹤。其中透露出來的訊息是，在二十世紀八〇年代初期，香港商人曾經以十分積極和熱烈的姿態投入內地的經濟復興運動。他們已經預感到一塊比香港要龐大上千倍的商業大地正在隆隆崛起，憑藉他們業已聚集的財富、智慧和血緣的優勢，將有可能締造一個更加輝煌的商業神話。然而，後來的事實卻意外地峰迴路轉，這些在自由經濟中浸泡長大的商人們，其實對於轉型時代的種種商業運作非常的陌生和無法適應。

三

霍英東一代人的財富斂聚，大多歷經艱險，爲時代左右，受時間煎熬，如火中取栗。因而，其進退往往愼獨有序，眼光毒辣而在於長遠，其一生所染指的行業，往往只有一兩項而已。及至晚年，桑梓情結日重，便把大量精力和大筆金錢投注於家鄉的建設。邵逸夫和包玉剛對家鄉寧波從來不忘關愛，李嘉誠對家鄉潮汕的投資也算得上不遺餘力。在東南沿海的各個僑鄉行走，四處可見香港人建的學校、造的醫院、開的工廠。霍英東祖籍番禺，在生命的最後十八年，他把很大精力放在了番禺最南端一個叫南沙的小島開發上。

這是一個面積爲二十一平方公里的小島，若非霍英東，至今仍可能沉睡於荒蕪之中。從一九八八年開始，霍英東就發誓要將之建成一個「小廣州」。這位以地產成就霸業的「一代大佬」顯然想把自己最後的商業夢想，開放在列祖列宗目力可及的土地上。這也許是老一輩華人最值得驕傲的功德。據稱，在十多年裡，只要身體狀況許可，每逢周三霍英東必坐船到南沙，親自參與各個專案的討論。資料顯示，從一九八八年到二〇〇四年八月，霍英東參加的南沙工作例會就多達五百零八次。他修渡輪、建公路、平耕地，先後投入四十多億元，以霍家一己之力硬是把南沙建成了一個濱海花園小城市。

霍英東的南沙項目在商業上曾被認爲是一個「烏托邦」，十餘年中，只有支出沒有收入，在一些年份，甚至還有「霍英東折戟南沙」的報導出現。他與當地政府的合作也頗爲彆扭，霍英東基金會顧問何銘思曾記錄一事：某次，討論挖沙造地專案，南沙方提出挖沙費用需每立方米二十元，霍英東一愣說：「你們有沒有搞錯？」他知道，如果請東莞人來挖，是八元一方；請中山人來挖，是十元一方。政府的人嬉笑著說：「是呀，我們是漫天價。」何銘思記錄說：「霍先生咬緊牙根，似乎內心一陣憤懣，兀自顫動不止。我跟霍先生四十年，從未見他對人發脾氣，當日見他氣成那樣，可見受傷之重。」霍也曾對人坦言：「自己一生經歷艱難困苦無數，卻以開發南沙最爲嘔心瀝血。」但是，儘管如此，這位號稱「忍受力全港第一」的大佬卻始終不願放棄。在二〇〇三年前後，霍英東更是大膽提出以南沙爲依託，打造粵、贛、湘「紅三角」經濟圈的概念。其視野、格局之大，已非尋常商人所爲。

這些龐大的設想，至今仍是藍圖，「南沙情結」可能是霍英東這一代商人最後的傳統。事實上，千百年間，每一代人都有各自的際遇，而所謂「江上千帆爭流，熙熙攘攘，皆為名利往來」。名利場從來是一座偌大的鍛煉地，人生百味雜陳，世態涼熱無常，待到金錢如流水從指縫間涓涓淌過之後，即便是再鐵石的人都不會無所感悟。霍氏晚年執著於南沙，卻可能已超出了牟利的意義，而更多的帶有濟世的情懷了。

## 四

二〇〇六年十月二十八日，八十四歲的霍英東在北京去世，留下二百八十九億港元的資產，他的官方職務是全國政協副主席。在他之前，去世的香港鉅賈有東方海外的董浩雲（一九一二——一九八二）、新鴻基的郭得勝（一八九一——一九九〇）、環球航運的包玉剛（一九一八——一九九一）。在這一年的香港，出生於一九〇七年的邵逸夫已近百歲，恒基的李兆基已七十八歲，永新的曹光彪已八十七歲，金利來的曾憲梓七十二歲，連當年被稱為「神奇小李」的李嘉誠都快到八十歲的壽齡了。如若把視野再放到東南亞的半徑，則可以看到，臺灣台塑的「經營之神」王永慶八十八歲，澳門的賭王何鴻燊八十五歲，印尼首富、三林財團的林紹良八十九歲，馬來西亞首富、郭氏財團的郭鶴年八十三歲。第二次世界大戰之後，叱吒風雲的一代華裔商人很快都將被雨打風吹去了。

大佬乘鶴去，黃昏與誰看？

我每每感慨，這些名字和傳說壘堆在一起，便赫然疊成了一部厚重而充滿了神奇氣息的海外華人創業史。就在香港這一介彈丸漁村之上，因時勢因緣際會，無數平凡人等，從草根崛起，遇光而生，隨風見長，憑空造出一段轟天大傳奇，至今仍餘音繚繞，綿綿不絕。

在香港的鉅賈中，據說只有霍英東出行是不帶保鏢的。他對自己的傳記作者冷夏說：「我從來沒有負過任何人。」斯人平生讀書無多。有一回，他問冷夏：「《厚黑學》是不是一本書？」還有一次，冷夏告訴他，毛澤東偏愛古書，特別是《資治通鑑》。霍問：「這本書講什麼的？」從這兩個細節可知，霍英東基本不讀書。這一輩人從貧賤和戰火中赤腳走來，從來鄙棄文人，信仰勇武和權力，以直覺行商，以情義交人。早年搏命鑽營，縱橫政商，鐵腕弄權，無所不用其極；晚年看淡貧富，重情愛鄉，古道熱腸，祈望以善名留世。

在生命的最後幾年，霍英東很喜歡聽香港詞人黃霑寫於一九九一年的《滄海一聲笑》：「滄海笑，滔滔兩岸潮，浮沉隨浪記今朝。蒼天笑，紛紛世上潮，誰負誰勝天知曉。」

這首歌用粵語唱來，別有一份難掩的滄桑，特別是在落日時分，獨對婉約而寂寥的維多利亞港時。

# 如果鄧小平是企業家

作為一位「董事長」，鄧小平在長達二十年的時間裡全面再造了「中國公司」的核心競爭力，在這個意義上，他無疑是稱職的和成功的。當然，改革的任務並沒有在他的任內全部完成。

一九七八年十一月，新加坡總理李光耀第一次見到來訪的鄧小平，他在回憶錄中寫道：「鄧小平是我所見過的領導人當中給我印象最深刻的一位。儘管他只有五英尺高，卻是人中之傑。雖已年屆七十四歲，在面對不愉快的現實時，他隨時準備改變自己的想法。」三十五年後，美國作家傅高義在《鄧小平時代》一書中仍然維持了類似的評論：

「鄧小平的所有作爲都由這樣的深刻信念指引：利用世界上最現代化的科學和技術實踐以及最有效的管理技巧將爲中國帶來最偉大的進步；將這些實踐和技巧嫁接到中國體制的過程中所發生的紛擾都是可控的，並且對中國人民整體而言是值得的。」

李光耀或傅高義的評論，同樣適用於一位卓越的企業家：戰略堅定、務實善變、具有良好的全域控制能力。

在告別李光耀的一個月後，鄧小平在歷史性的十一屆三中全會上成爲中國的實際領導人。當時的中國如果說是一家公司的話，那麼，它就是一個陷入絕境的大型虧損企業，財務赤字、產業老化、勞動效率低下、市場環境極度惡劣，喜歡打橋牌的鄧小平抓到了一副超級大爛牌。

一開始，他試圖通過外部資金的引入來進行輸血式改革，因此，他委派谷牧遍訪歐洲列國，傳遞開放資訊，他本人則飛赴美國、日本和新加坡。然而，外部投資人對「中國公司」的現狀也視若畏途，引資計畫宣告失敗，於是幾乎已束手無策的鄧小平在公司內部發動了一系列的變革。

首先，他重構了「公司願景」。在毛澤東時期，「中國公司」的願景是「解放全人類」、「無產階級專政」、「將革命進行到底」，這些戰略目標充滿了理想主義的利他特徵，完全忽視量化考核的必要性。而鄧小平則讓願景重新回到了效益和效率的基本面，他提出「讓一部分人先富起來」、「摸著石頭過河」、「不管白貓黑貓，抓住老鼠就是好貓」。尤其是在一九八四年，他公開肯定了深圳人提出的兩個福特主義式的主張——「時間就是金錢、效率就是生命」，從而徹底告別了毛澤東式的理想主義，讓之後的「中國公司」具備了強烈的世俗、務實特性。

鄧小平被官方和民間公認為中國改革開放的「總設計師」，這個稱號似乎寓示中國變革是一場有圖紙、有操作程序的工程，但歷史卻好像並不如此，至少在經濟改革領域並不如此。

在創作《激蕩三十年》時，我曾認眞研讀了《鄧小平文選》，結果發現了一個有趣的事實：在長達二十年的治理期內，鄧小平並沒有對重大的經濟政策，譬如糧食問題、企業管理問題、產業轉型問題乃至金融問題，提出過多麼睿智、專業的建議，相反，他很少涉及於此。作爲「董事長」，他與另外一位「董事會成員」陳雲相比，在經濟問題上的專業能力似乎有一定的差距，但是，鄧小平在願景上的鮮明立場無疑更爲開放和市場化，這是他最了不起和迄今被人們紀念的地方。

由於在很長的時間裡，「董事會」內部對公司未來的戰略走向充滿了不同的聲音，鄧小平的市場化改革主張並沒有能夠得到順利的實施，這對於一位企業家而言，無疑是痛苦和危險的。在這一形勢下，鄧小平展現了東方式的智慧，他提出「不爭論」原則，宣佈

「實踐是檢驗眞理的唯一標準」，因而創造了一個容忍「破壞性創新」的公司氛圍。

同時，在存量改革——國有企業改革難以拓進的情況下，他催動了增量的出現。在整個二十世紀八〇年代，鄉鎮企業和外資企業從無到有，逐漸強大，使得「中國公司」內部誕生了新的生產力組織。所以，鄧小平不是那種打破一切、推動重來的「革命型企業家」，相反，他能擱置爭議，妥協漸進，在迂迴和不確定中達到自己的目的。他的「企業家式的偏執」體現在務實的個性上。

鄧小平時期的「公司集團決策層」是一個「弱勢機構」，財務赤字，宏觀調控能力羸弱，下屬三十多個「子公司」產業結構混亂，資源配置不均衡。面對這一極度不利狀況，鄧小平的辦法是充分授權，各自爲陣，鼓勵試點，由點及面。在他的治理期內，幾乎所有的重大經濟創新，都是「地方公司」擅自試驗的結果。小崗村搞出了「聯產承包責任制」，蛇口搞出了「土地置換、吸引外資」，順德搞出了「三來一補」，溫州搞出了「股份合作制」，天津搞出了「開發區模式」。

此類等等，在當年均爲「大逆不道」，鄧小平在「董事會」層面上力排衆議，宣稱「膽子大一點，步子快一點」、「錯了不要緊，重頭再來過」，而那些地方性試點一旦獲得突破性進展後，他又迅速地將之提升爲「全集團戰略」。

實際上，鄧小平創造了一個權力充分下放的內部創業氛圍，通過局部組織的大大小小的創新帶動全國的結構調整和產業反覆運算。二十世紀八〇年代的「中國公司」實際上是一個「失控的組織」，創新幾乎全數來自基層，因此，是一場由下而上的經濟變革。「集團公司」層面唯一堅定的兩個原則是：第一，消費品物價不能失控；第二，「董事會」的產生機制不能失控。關於後者，便有了「穩定壓倒一切」的提法。

鄧小平時期，先後有四任「總經理」。特別是朱鎔基，他在一九九四年全面主導了以分稅制爲核心的整體配套體制改革，從而使得「集團經理層」重新掌握了經濟成長的控制權，而這一改變距離鄧小平去世已只有三年的時間了。

作爲一位「董事長」，鄧小平在長達二十年的時間裡全面再造了「中國公司」的核心競爭力，在這個意義上，他無疑是稱職的和成功的。當然，改革的任務並沒有在他的任內全部完成。

一九九七年的元旦，住在北京三〇一醫院的鄧小平讓人打開電視機，他看到中央臺正在播放一部紀錄片，就凝神看起來，可是看不清楚電視螢幕上那個遠遠走過來的人是誰。「那邊，走過來的那個，是誰啊？」他問醫生黃琳。黃說：「那個是您啊。您看清楚了。」黃告訴他，這部電視片名叫《鄧小平》，是剛剛拍攝的，有十二集。他什麼也沒說，只一集一集地看下去。黃知道他耳背，聽不見，就俯身靠在他的耳邊把臺詞一一複述。每當電視裡有一些頌揚他的話時，黃琳就看到老人的臉上總會綻出一絲異樣的羞澀。

五十天後的二月十九日，這個九十三歲的老人走到了生命的終點。路透社在他去世後第二天的評論中說：「鄧敢於撇開僵硬的計畫體制而贊成自由市場力量，並讓中國的大門向世界開放，他真正改變了中國。」

又過了十七年，二〇一四年的今天，八月二十二日，是鄧小平誕辰一百一十歲的紀念日，中央臺正在播出十八集紀錄片《歷史轉折中的鄧小平》，而新任「董事長」所面臨的局面已與鄧時期有極大的不同，不過，其治理主題似乎並未更弦。

國家圖書館出版品預行編目資料

把生命浪費在美好的事物上 / 吳曉波著.
—— 初版. —— 臺北市：華品文創, 2016.04
328面；14.8x21公分
ISBN 978-986-92185-9-7（平裝）

855　　　　105004621

華品文創出版股份有限公司
Chinese Creation Publishing Co.,Ltd.

《把生命浪費在美好的事物上》

作　　者：吳曉波
總 經 理：王承惠
總 編 輯：陳秋玲
財 務 長：江美慧
印務統籌：張傳財
美術設計：vision 視覺藝術工作室
出 版 者：華品文創出版股份有限公司
地址：100台北市中正區重慶南路一段57號13樓之1
讀者服務專線：(02)2331-7103或(02)2331-8030
讀者服務傳真：(02)2331-6735
E-mail：service.ccpc@msa.hinet.net
部落格：http://blog.udn.com/CCPC
總 經 銷：大和書報圖書股份有限公司
地址：242新北市新莊區五工五路2號
電話：(02)8990-2588
傳真：(02)2299-7900
印　　刷：卡樂彩色製版印刷有限公司
初版一刷：2016年4月
定價：平裝新台幣360元
ISBN：978-986-92185-9-7